每个词语都在呼吸

——徐海蛟散文精选集

徐海蛟 著

一本童年岁月里长出来的书
  作家徐海蛟的少年情怀
  感悟乡村自然,品味生命情意
相伴心灵成长

梦想的生长方式

◎ 徐海蛟

仿佛就在昨天,一个少年躲在一间三十平方米左右的小房间里如痴如醉地读书写作。他没有像样的写字台,只好坐在一把小椅子上,就着一张小方凳。他甚至也没能买到自己想读的书,只好爱不释手地捧读一本本从语文老师那儿借来的书。那样的时光清寂贫穷,看起来幸福在很遥远的地方,甚至连背影都没有出现在地平线上。但少年的心是安静的,并且憧憬着未来。因为书,因为热爱的文字,他几乎忘记了生活的傲慢与偏见,忘记了日子里那么多粗糙和幽暗的部分。他不断地阅读,又不断地书写,梦想着有一天,自己的文字能变成铅字。他一次次将自己的文字抄写在方格纸上,一次次寄往远方。

不知道中间经历过怎样的等待,也不知道遭遇了多少失望。总之,少年没有放弃,他一次次地追随着文字,就像追随自己深爱的姑娘一样。终于有一天,少年的虔诚感动了编辑,他的第一篇文章发表了,那是一首只有七八行的小诗,那么那么小,藏在一本杂志中间某一页的角落里,像一朵极不起眼的小野花。即便如此,这首诗也让少年感动了好一阵子,他时常会悄悄地把那本杂志拿出来,翻到有自己诗歌的那一页,在暮光或晚灯中读上一遍,再小心翼翼收入抽屉里。那首小诗就像一枚光荣的奖章，让少年受到了莫大的鼓舞。往后，他更加勤奋地写作，更加孜孜不倦地将文字寄出去。他给自己定了一个目标：在报纸和杂志上发表一百篇文章。少年做到了，没用多少年，他就达成了这个目标。紧接着，少年的梦想像滚动的雪球般又渐渐大了一些。这一回，他期望能够出一本自己的书，他想象着，那本书的扉页上写着自己的名字，想象着把自己的第一本书和那些深深敬佩的作家们的书比肩摆放在一块。没想到，少年的这个愿望也实现了。当然那会儿他已经长成一个青年人了。这位青年继续做少年时代的梦，他期望自己成为一个真正的作家，期望自己能够写出感动读者的书，他的愿望就像北国的树一样，一点一点舒枝展叶，一年一年茁壮起来。他的书也一本一本地多起来，一本两本三本，一直到了第九本⋯⋯

那个少年是我，现在你读到的这本书就是当初那个少年的第九本书。

我不厌其烦啰里啰唆地和你讲述这个故事，是想告诉你，从表面看，这是一个文学梦想照进现实的故事，但其实这世上所有的梦想都跟我怀揣的文学梦并无二致。你只有不断追随她，永不放下内心的挚爱和信念，她才会回过来用她无边的光照和温暖回馈你。

这第九本书，所选的文字都来自青春时代的我，可以看成是我对少年情怀的一次回首，也可以看成是我对梦想的一场检阅。当你打开它，是不是会读到一种别样的清澈？是不是会遇见一种生生不息向上生长的力量？

2015 年 5 月 16 日

目 录

辑一　乡村如歌

瓢 / 003

笕 / 006

篱 笆 / 009

步 丁 / 012

稻草垛 / 015

山村小学 / 018

松 明 / 021

布 鞋 / 024

屋檐下,门墩上 / 027

那一声欢快的响 / 031

猪 油 / 034

草 药 / 037

辑二　情意如酒

味 道 / 043

旧房子 / 048

书信年代 / 052

母亲的蓝布褂 / 056

母爱的温习 / 060

祖 父 / 064

石头下面的一颗心 / 068
一块银元 / 071
四个人的十年 / 075
一对鸽子的情意 / 081
土豆记事 / 084

辑三　自然如友

自然的馈赠 / 089
水成就的诗篇 / 092
雁荡看山 / 096
季节的歌谣(三则) / 099
消失的河是大地的断句 / 106
楠溪江，流水华章 / 109
东钱湖是一本书 / 113
石头讲的故事
——云冈石窟印记 / 117
浙江列岛笔记 / 120

辑四　古人如月

舌头的灾难 / 135
临渊羡鱼，退而剪网 / 144
蓝墨水的上游是汨罗江 / 147
杏林春满 / 150
那一声温暖的驴叫 / 154
太守与鱼 / 159
桃花下，明媚的脸 / 164
另一条还乡路 / 168

辑五　好书如药

字里行间 / 177

好书如药 / 181

想要有个书房 / 184

好书店,城市的底气 / 187

天凉好读书 / 190

阅读,让心灵之旅无限可能 / 193

做一个精神的贵族 / 196

辑六　生命如灯

孤独的盛宴 / 201

最好的月亮 / 205

每一个苦孩子都会长大 / 209

草木一样坚韧地活着 / 212

握一下阳光的手 / 214

人生的要义 / 217

仰视蓝天 / 220

那一树被忽略的春意 / 223

烤　火 / 226

或者,回到故乡 / 229

落叶缤纷前,回故乡 / 233

向生命的爱与痛致敬 / 236

辑一

乡村如歌

瓢

跟学生讲"瓢泼大雨"这个词,是一件拐弯抹角的事。瓢并不是现代而时髦的器物。相反,它属于那些古旧的岁月,跟隐蔽的乡村生活有关。

古人的书里,我们倒常常能够见到瓢的身影,除了"瓢泼大雨"里的瓢以外,古人还说:"弱水三千,我只取一瓢饮"。而孔子也说过"一箪食,一瓢饮,在陋巷。人不堪其忧,回也不改其乐"的话。那时,瓢的足迹出没于悠远的典籍和富有深意的哲理中。瓢常常与水连在一起,而水又直接滋养着生灵万物,瓢也就有了进入日常生活的坚实理由。在乡村的灶间、水缸边,瓢加入了生活的序曲,锅碗瓢盆的响声中涌动起饱满而温暖的日子。

时至今日,在偏远乡村里,我们还能找到瓢,它依然忙碌着把清水送进干涸的喉咙和心灵,忙碌着用水滋润干裂的时光。

瓢的前身是葫芦。葫芦藤花开花落,一身嫩绿的小葫芦便探身出来,缘藤而居。这时主人家便要到地里来观望一番,在众多的葫芦里挑出一个个头最大、身板最结实、体形最圆润者,在它身上扎一根草绳做记号,这个葫芦的命运就此改变。接下来它的生命历程和其他葫芦相去甚远。春末夏初,一个又一个葫芦被主人从藤上摘走,变成了桌上的小菜。可它还在那里,后来,更多葫芦被摘走,再后来,最末一个伙伴也被摘走了,它还得独自守在藤上。夏天午后,时光缓慢,一个葫芦在风里静立不动。它一定是有些纳闷的,怎么了?怎么单留下我一个?那时候,时光已经把它打磨得很圆熟了,淡青的皮泛着柔和的光泽,像一件历经百般工序完成的青瓷。但它还不能走,它得在岁月里让自己变得更加耐磨,让原本柔软脆薄的皮质日益坚硬,日臻浑厚。是时光的作用吗,还是葫芦内心的努力?反正这个葫芦将在藤上度过青葱的年纪,度过花样的年华,度过一个葫芦的中年时光,一直到最后的岁月。这个葫芦不是其他的葫芦,成长的轨迹总在最好的年华里被人为改变,戛然中断。一直到完全成熟,一直到日渐老迈,这个葫芦还得守在藤上,听风听雨,看光影变幻,它独自静思,凝神,伫立。炎夏和艳阳,暴雨和雷电都成为一个葫芦内心的阅历。然后它逐渐苍老,青瓷般的表皮泛出岁月的黄色,原本柔嫩的肉身现在已拥有了木质的坚硬,它可以抗击时光的锻打和岁月的挤压了。老葫芦终于可以回家了,它告别老藤。

　　主人会把葫芦挂在屋檐下,让风霜再次打磨,掏走它身体内最后一丝水分,日后的葫芦就能长期与水为伴而不会腐烂。这是颇有深意的,由此,我相信一个人如若剔除了所有欲望,剔除了心灵里芜杂的部分,即便纸醉金迷吸引,于他大致也可看成一种平淡的经历。

　　独自静守在屋檐下的葫芦,除了坚硬的外表,还获得了一身轻盈。岁月帮它减去了多余的分量,也减去了多余的心事。此刻的葫芦有如阅历深厚的高僧,它在屋檐下静观人世冷暖,而自己却不再沾染身材臃肿的世俗。一个老葫芦在乡村屋檐下完成了对人间冷暖的观望,然后它开始置身生活,以退为进。

主人用一把小小的锯将葫芦对半剖开,它已不再疼痛,不再呼喊。

它的内容物已被岁月掏空,只剩下一些黑色的籽纠结成一小团,安静地蜷缩在硕大空间的一角。

葫芦成了瓢,蛰居于柴米油盐的生活。

悲欢离合,出入进退皆无情。

筧

只在乡村,你才能从生活里找出与"筧"字相应的具体事物。每个自乡村走来的人都曾承接过筧的恩惠,但却不知道在字典里它有这样一个名字。

乡村的好些事物朴实得只有一个口耳相传的名字,却常常无法让人找到书面语的表述,其实,更多时候它们并不在乎能否进入某种雅致的状态。文人们总是在远离乡村后挤进城市,然后再坐在城市的屋檐下追忆乡村。这样他们无法做到准确地给我们乡村的事物正名,但确实有一个人为筧单独造了这样一个字。由此我相信在久远的年代里,筧对于乡村生活一定有着某种别样的意义。

第一个发明筧的人一定是个聪明而懒惰的人。有一天,他去村外的小溪边提水,来回提了两趟便觉得有些气喘吁吁体力不支,就地在溪边坐下歇脚。他抬头望望高远的天,天空没有云,碧蓝得像媳妇的头巾。他又将目光往下移,就看到了映入明净溪水里的毛竹。他盯了好一会儿,翠绿的竹竿给了他灵感:何不将毛竹砍下,把竹节打通,再一根根接在一起,这样不就可以将溪水直接引入自家水缸里了吗？后来，乡村里就出现了许多一剖为二的竹竿。竹竿通常从溪的中上游出发，缘溪而行，最后到达地势低矮处的村庄和田地。这些青青的或者泛黄的竹竿将溪水从它们自己的轨迹里接了出来，改变了溪水的行程，并且把远在小村外的鲜活的溪水接回家。这就是笕，像纵横的脉络遍布于广大的乡村。后来，也有些依山而居的人家，把笕接在距离自家不远的山岩泉水处，让那些零落的水滴连成线，连成一股小小的流水。那样的水来自岩石的内心，来自大山的深处，就更为清洌，水流顺着笕绕过后院的屋檐，绕过柴门，进入农家的水缸。

那个年代里，人们并不知道有种叫"自来水"的东西，但由笕为我们组织起来的供水系统却可以叫作自然水。我们可以这样理解：这是真正来自大自然的水，也是自己来的水。笕是一种乡村式的智慧和诗意想象落进现实的产物，通过它的简易连接，你能够看见人与自然的原生态的组合。人们通过最便捷的方式，把自然的心跳迎入最为日常的生活。那是原味的本色的自然，乡村的人们需要亲近它，却不会去粗暴地破坏和生硬地改写自然的法则。

笕出现在乡村的田头地角村庄别院，它们把大自然的清澈水流带给禾苗，让庄稼拔节；它们把大自然的清澈水流带给田地，让层层梯田漾起温柔的云影；它们把大自然的清澈水流带给人们，让每个人的内心泛起对生活的热爱。笕是乡村最初的水管，连接着每一个日子和日子深处清亮的温情。

我常以为笕也透露着乡村的诗意，想想那样一股源源不绝的清流沿绿竹而来，带着自然真实的品质，带着溪流的直率和纯澈，然后直奔我们生活的主题，这是一件多么好的事情。在乡村，可以喝到如此原味的水，我们才能够相信自己是紧紧地依偎着自然，亲近着山水的。除了这些，我想有时会有一片小小的红叶，顺着笕给它们铺设的轨道一路走过来吧，走到农家的水缸；有时一只小小的虾米，也会顺着竹子的轨迹走来，也会走进农家人的水缸吧？这些小小的误会是一次多么奇妙的邂逅。

　　笕，已经退出了我们的生活，但它送来的溪水那清脆的嗓音一直留在我的生命里，并且以此改变了我内心的结构，让我久远地获得了一种清明的品格。

篱 笆

篱笆是乡村特有的景致，就像其他乡村特有的事物一样，代表着乡村的某种表情。在它身上藏着一种隐秘的不为人知的东西，这区别于城市的狡诈和圆滑。

篱笆的前身是苍翠葱绿的竹子和树木，都是些离土地最近的东西。从某种意义上说，我相信篱笆也是乡村的另外一种植物，只不过它更加随意一些，不需要生根，就能进入黝黑的泥土，稳稳当当排列在一起，就可以站得很牢靠。用城市里流行的话来说，篱笆该是一道原生态的环保的墙。

我却更倾向于认为篱笆是朴素的没有处心积虑的屏障。它不是城市里的墙：坚固封闭，钢筋铁骨，高耸而板着严肃的脸，对来人充满了讳莫如深的戒备。篱笆是敞开的，它的门，往往用藤条缠绕，你只要轻轻绕开藤条，就能进入宅院。其实篱笆要遮挡的并不是陌生的来人，乡村的主人从来不拒绝陌生人的到访，在乡村，来者是客，没有拒之门外的道理。篱笆遮挡的仅仅是那些不晓世事的鸡啊，狗啊，它们有顽皮些的会跑到院子里，糟蹋了晾晒在地面的谷物,或毁了门前一畦水灵的青菜,或推门而入,在房前屋后留下些恶作剧般的纪念。所以,乡村的人便筑起了篱笆,疏朗敞开,低矮简易,将那些偷偷溜出来在乡村路上玩耍的鸡呀、鸭呀,还有呆头呆脑的贪吃的鹅都挡在了院子外。

如果院子是乡村的裙摆,篱笆就是裙摆上的花边;如果院子是乡村人们敞开的心扉,篱笆就是他们心里缤纷的色彩。篱笆和院子一起成为乡村的景致是显然的事情。很多年后,走出乡村,睡在城市没有泥土味的夜晚中,我常常以梦见篱笆和院子的方式怀念乡村。乡村的篱笆是各有特色的,就像各色款式的花边。有素淡点的,银灰色的树篱上缠绕着棕色的藤条,藤条上线条简洁,节奏极其明快;也有热烈些的,那都是泛青的树枝,篱笆上爬满了柔嫩的青藤,那是几枝四处游荡的牵牛,或者一棵野葡萄,或者一棵扶芳藤。春天到来,照例会有盛大的花事,淡黄的、深紫的或者浅红的花都顺着篱笆的脊背倾泻下来。运气好的时候,还会遇见一两棵小雏菊,或者一两棵丁香,静立篱笆边,那是篱笆的邻居,她们并不在乎站在篱笆墙的里面还是外面,她们也不轻易挪动脚步,当然乡村的人们对于这些植物也是友好的,并不去打扰她们春天里的雅致心情。

光顾篱笆的还有另外一些客人,比如红色的蜻蜓或者一身黑衣的蝴蝶,它们安静地在低空里漫步,累了,就停在篱笆上,变成篱笆身上一件灵动的饰物。或者顺着篱笆上的藤叶飞过去,让你误以为一朵火红的或者黑色的花突然飞了起来。篱笆是蝴蝶蜻蜓蜜蜂们的停靠站,它们带着各样的心情从远处飞来,降落在此,又带着各样的心情飞向远处。没有哪一只鸟哪一只蝴蝶想把自己的巢筑在这里,看来大家都明白篱笆只是月台,有众人经过,不适合长期居住,当然偶尔也会有只极大意的鸟儿把自己的巢筑在篱笆墙一头枝繁叶茂的地方,这大致是一种错误,这样的错误它们并不常犯。

　　篱笆并不是乡村中不可或缺的事物,但却是勾勒乡村记忆必不可少的。没有篱笆的小木屋会少了很多地道的生趣,同样没有篱笆的乡村也会失去一些富有韵味的节奏和线条。篱笆对于乡村的美丽来说就像是少女流畅的黑发间跳动的红发卡,或者是她洁白的裙摆上一圈考究的花边。

步 丁

"步丁"的说法是我从老家方言里直译过来的,书面语大概叫"搭石"。但我喜欢"步丁"这个名字,念起来,像我们自己的小名那样亲切。"步丁"者,植在水中的方形石头,用来过河之用,大小能放下两只脚。每两块石头间又空开约半步的距离,让流水通过。

在乡下,一座村庄中往往有几条溪蜿蜒而过,溪的走向会将村庄的路切断。人不会去堵溪的路,却仍然需要通过溪,相互往来。这个时候,人们就想到了桥,大而深的河上需要桥,但在宽而浅的溪上造一座桥,显然不那么实惠。于是,步丁就成了溪上的路,它们匀称地排列在溪上,像一块块石头的骨牌,又像一条溪突然长出了一排齐整的牙齿,只是牙缝间的距离过于开阔了,并不能挡住清澈的水流。

这就是步丁了,小时候,常踩着它走过去,走到溪对岸。但那时并不能觉出步丁的美来,因为多的是恐惧和不安,总担心一不小心会栽到溪水里。过步丁,是一件有点紧张的事,小孩子们总牵着大人的手走,一大步一大步摇摇晃晃显出努力的样子。孩提时候的我

辑一 乡村如歌

们总是不敢独自过步丁,因为小伢子的脚步太小了,踏上了第一块石头,就不知道能不能够到下一块石头了。那时我总想不明白,大人们为什么要把步丁和步丁间的距离设得那么开?直到长大后重回乡下,才知道步丁的间距对于大人们来说并不是很大,只是儿时的我太小了。这真有意思,小时候看什么东西都很大,门前那条很窄的溪,在我眼里俨然一条大河了;门前那座小小的山,在我眼里就是一座高山了,好些时候为爬上它而暗自窃喜。在孩提时候的我心中,步丁代表着一种难以跨越的障碍。我五岁那年,外公家造房子,有很多木匠师傅,我和妹妹只能等那些木匠吃好饭后才能上桌。那时物资匮乏,外公家桌上盘子里的猪肉也是从我家拿去的。可轮到我和妹妹还有外公一家人吃饭时,我妈居然将猪肉撤了,她说肉本来就不多,晚饭时候还得摆出来。因了这,小时酷爱吃肉的我不干了,觉得这事闹得太不尊重人了。那天中午我就拒绝吃饭,并且扬言要回自己家去,妹妹见我这样,也跟着闹起来,她也不吃饭了,她也要回自己家了。舅舅阿姨都来劝我,只有我妈说让他去吧,回家途中有条溪,溪上的步丁他们不敢过去的。后来尽管领着妹妹,嘟着嘴出来了,但我还是有点脚步迟疑,心情忐忑。回家的途中有几座坟墓,还有一条溪,溪上只有步丁,这些都是小小的我们心里害怕的。幸好,我们还没走到那个步丁,就被赶来的舅舅接回去了。

长大后,远离了步丁,才常常想到它的美丽,那可是一种独特的景致。步丁是不借助其他依靠直接植入溪中的,长年累月,它成为溪中一个不可动摇的部位,成为乡村岁月的一个零件。不管溪水平缓流淌还是跳跃奔跑，都不会影响步丁牢稳地站在那里，承接人们重叠的脚印。涨水时，水流湍急起来，碰到步丁阻拦会激起洁白的浪花，那时人踩着步丁往前走，脚步踏过的地方像盛开着花朵，人就会获得一种在水面上漫步的感觉了。我想古人说"凌波微步"，一定是从一个在步丁上行走的姑娘的脚步里得到灵感的。水流轻柔，微风和煦的日子里，从步丁上走过，你会在清澈的水中看到自己行走的身影，可以时时看着另一个自己，对此爱美的人们一定很欢喜的。

步丁的美妙在于让我们在水上行走，离水最近，而又不至于打湿鞋子，还顺便看出了我们自身的模样，看见自己行走的姿态。这有多好！乡村的人们总是很有办法，让一些简单的事物诗意起来，就像步丁的名字，仿佛肉丁和土豆丁，精致小巧，而又透露着乡村特有的谐趣。

稻草垛

跟着乡村远去的还有稻草垛。

秋收后的大地,阳光像一杯茶,浓度逐渐淡去。在层层叠叠的梯田间,已看不见金黄的稻浪了,青色稻秆吸足了阳光的精髓,现已变得金黄而脆薄。稻谷从土地回到谷仓,但稻草却留在了土地上,农人将一小捆稻草的头扎紧,就变成了一个稻草把,把稻草把的底盘分开,田野上就出现了一个又一个挺立的稻草人。

冬天来临前,农人会把稻草有规则地牢靠地堆叠起来,变成一座稻草垛。一块田里,或者一个晒场的角落里,还有房前屋后,一片略显平坦的土坡上都会出现一个又一个身材庞大的稻草垛。

孩子眼里的稻草垛不仅仅是稻草垛,它还是稻草墙,稻草的房子,稻草洞或者稻草的城堡。总之,那是很有意思的建筑,它牢靠,但却不顽固。我说的不顽固是因为孩子们可以随意改变稻草垛内部的结构。在秋收后的山村里,稻草垛是一种独特的存在;在孩子们的童年地图上,稻草垛更是意义非凡。

在南方,没有一个乡村孩子的童年离得开稻草垛,否则他们的年少时光就会失去很多乡村特有的乐趣。夏天,孩子们的乐园在广阔的田野和葱郁的森林。秋后,田地突然变得空旷,森林也变得不善言语。孩子们将游戏的场所迁到了稻草垛周围,稻草垛成了各种故事发生的场景。年少的我们在乡村的稻草垛里消磨了很多时光。我们靠在稻草垛的一角,那里风吹不到,却能够把阳光围拢,在秋末冬初的阳光下,稻草散发出一种干燥的暖烘烘的香味,那种感觉迄今让人难忘。我们还会远远地冲过去,抓住一把把稻草,比赛谁先攀上稻草垛顶端,攀上去后,就坐在上面,那是乡村天然的沙发,没有娇滴滴的柔软,可以让人的屁股肆无忌惮地放上去。小小的我们,坐上稻草垛之后,眼界一下子变高了,遮挡一下子变少了,我们把头仰起来,上面是乡村蔚蓝的天空,多蓝啊,一尘不染,我们把头低下去,一层又一层的梯田流动着波纹,多流畅的节奏啊,像婉转的曲子。

  稻草垛在更多时候连接着童年的秘密,几乎所有人在孩提时候,都希望有一个秘密的地方,希望收藏一些不为人知的东西,每个孩子对秘密都有着一种执着的偏好。稻草垛就成了一个秘密的场所,一座又一座外表平静的稻草垛里都收藏着孩子们调皮而跳动不安的心事。我们会像土拨鼠一样,从稻草垛底端开始挖洞,挖这个洞是容易的,只要把底端的稻草一把一把地抽出来就可以了,一直把洞挖到稻草垛深处,然后再把挖出来的稻草堆在洞的门口,这样就制造了一个完好无损的迹象。只有这么大的草洞才能兜得住大大小小的秘密。一群孩子顺着草洞爬进去,在里面交换各自的见闻和梦想,交换各种火热的愿望,也交换小小的困惑和不安……

当然一个位于稻草垛中心的洞就像一个圆形会议大厅，很多重要"决定"都是在那样一个地方通过的。童年的我们也将稻草垛想象成一个又一个根据地，在那里上演了一场场杀伐，演绎了一个又一个英雄的故事。

很早以前，我在一首诗里写到了稻草垛，我把它想象成是大地的草帽。草帽是平易近人的，在它看似平淡的外貌下，藏着我们童年的魔法，像托芙·扬松笔下神奇的魔法师的帽子。

后来的很多夜晚，身处乡村之外的我都会在梦里遇见那些稻草垛，那散发着太阳味道的稻草垛。

山村小学

在山村,有一所小学是一件温情的事情。那是山村里的最高学府,是一个有学问的地方。那里有识字的先生和识字的学生。孩子们在学校里学会写自己的名字,学会看秤识数字,学会计算菜籽的价格和鸡蛋的重量。

当然,孩子们也学会了"文雅"地骂人,村子里的石墙上,小巷子的砖墙上,还有人家的木门上,都写着歪歪斜斜的名字,这些名字都是以某个孩子父母的身份出现在那些地方的。孩子们将它们写下来是别有用心的。一个名字的书写背后可能隐藏着一场小小的纠纷,很多孩子都觉得把对方父母的名字醒目地揭示到墙上,是跟复仇有关的一种快意的手段。所以小学校的墙上、木门上就有了很多大人的名字,也有了"某某是小狗"之类的话,也有些很抽象的图案,大致是孩子们对童年和未来的想象。

小学校坐落在村庄最向阳的地方,无疑是一个比较重要的场所。孩子们放假的日子,总会有一群老头子围在小操场的角落里谈论天气收成和国事。小学校里面有两位民办教师,一间教室,不同年级的孩子们都坐在一起上课,一排算是一个年级了,四排就是四个年级。后来我才知道这叫复式教学,就是让不同年级的学生在同一个班里上课。我真佩服我们的两位老师,他们一个教算术,一个教语文。而且他们一个人要在同一节课里教四个年级的同学,他们教"a、o、e",教"我爱北京天安门",也教"1947年1月12日,天阴沉沉的,寒风吹在脸上像刀割一样。年轻的共产党员刘胡兰被捕了"。我们坐在一年级的那一排,一边学着"a、o、e",一边已经会背诵三年级大学兄们学的《刘胡兰》了。一下课,我们的嘴里就开始振振有词:"1947年1月12日,天阴沉沉的,寒风吹在脸上像刀割一样。年轻的共产党员刘胡兰被捕了。"两位老师在心情舒畅的时候还会顺带着教我们唱一首跑调的歌,我还记得老师们将我们聚集起来学习国歌的情形。老师展开一张破旧的挂图,上面写着歌词和曲谱,我们就有口无心地唱起来。我们并不知道歌词的意思,只是觉得唱歌是一件挺豪壮的事。那首歌就这样永久地植入了我的记忆。

　　小学校里的老师在山村里是充分赢得人们敬重的,他们是重要人物。山村的人们不说尊师重教的大话,但谁家有个红白喜事,谁家杀头猪,谁家卖了一头牛,都会请上两位老师来喝一盅。那时我对民办教师的理解是:他们是民众自己的老师。是啊,山村的老师,确实是老百姓自己的先生,写春联,给村里刚出生的娃儿取名字,给村里的大叔算账,还下地帮着干农活。那时候,两位老师都住在爷爷家,一到农忙时节,他们就挽起裤管下到爷爷家的田里了。我的语文老师姓沈,一个极瘦的男人。据说他还精通裁缝,那时他给我缝制过一条式样时新的裤子,让我骄傲了好一阵子。当然老师们的衣食住行都来自村民,常有孩子在放学后到山上去拾掇一捆柴火送到老师灶间,也常有家长捂着几颗鸡蛋送到老师餐桌上。也有人会偷偷跑到老师的小宿舍里面,要把村里的某位姑娘介绍给他。民办的老师,大家自己的老师,他们给小村庄带来了生机,他们的生活,他们的一切,自然也成了人们心头温热的牵挂。

山村小学,那是个不一样的地方,孩子们琅琅的书声传出来,他们用蹩脚的普通话唱歌一般背诵着课文,那是山村最动听的歌谣了。

松　明

电还没到来的漫长年代里,松明是夜晚的主角。

最早使夜晚亮起来的地方并非城市,而是乡下,我们的先人用篝火照亮了很多看不见的东西。有光亮的夜晚多么好,但篝火毕竟需要太多树枝,也并不适宜室内点燃。于是有人发现了松明,自老松树身上冒出来的松脂,层层堆积起来,凝结成一块又一块泛着深黄色光亮的油脂。这是一种极易燃烧的物质。小时候,我们经常将其挖下一小块,然后用火柴一点,它冒着哧哧的烟燃起来,烧着了的油脂散出一股松树特有的香味。

带着松脂的松木,砍下后再被人们劈成一块块的柴火,就是松明了。我四五岁那会儿,蜡烛已经出现,但松明的身影依然存在。乡村人家,每年还会藏下些新的松木柴火,有的粗如手臂,有的细如钢笔。粗的一般在室外点,细的在半夜急需起床时用。在这样的夜晚如遇上没有星月的时日,山村就黑得像浸在墨池里一般。到谁家串门,或者出去办事,主人家会顺手从柴房里拿起一段松明,点燃,松明的火就照亮了崎岖的路。夜晚,在山路上穿行的人们都喜欢点上一根松明，既能照亮道路，又能为自己壮胆。松明哧哧冒着烟，散发着踏实的气息，仿佛是一个热心的旧友，驱散了人们心头那份独自行走的空落感。

爷爷家就有很多松明。叔叔们去上学，从家到学校有很长一段山路要走。每天，叔叔们照例会点起一根松明，背上破旧的帆布包，沿着高低不平的石路一直向村外走去。起初我还能看见他们的背影，没过多久，就只能够看见亮着的火把了，那小小的火光随脚步移动，如跳动的星星，照着叔叔们永远地走出了山村，走到了更加开阔的世界。这一直都是我心里向往的一件事情：有一天我也能举着一根松明，独自到远方去。这样的想象对于幼小的我充满诱惑。事实上，很多离开山村外出的人们最初都是在松明的照耀下迈开步子的。松明总是率先将眼前的一段路照亮，直到晨曦赶来接应，让每一条道路都泛起晨光。这样，山村的人们才能早早地赶到车站，早早地坐上为数不多的开往远方的车。后来，我真在松明的照耀下远离了那个遥远的山村。

松明的光照陪伴人们出生，行走，死去。在乡村的夜晚，在那些古老的年代里，松明用它冒着热气的光为人们在漆黑里留住了自己的模样，也让人们的脚步能在黑暗中继续行进。松明是仅仅属于乡村的，它没有光洁的脸面，烧起来黑烟浓重，很容易将房屋熏黑，也容易将人的脸熏黑。但乡村却并没有嫌弃它，它是乡村里一盏盏天然的灯，是一支支蜡烛，也是一把穿过遥远时光的火炬。它的光照温暖而芬芳，那是松树的心里话，在黑夜里讲出来，闪动着真诚。

有多少个夜晚呢？松明帮助我们看清楚了生活。也因着松明那点光亮，我们在崎岖的路上绕过了一个又一个沟壑，保持了身体的平稳，保持了内心的敞亮。

布 鞋

皮鞋仅仅出没于城市的时候,布鞋的身影在乡村随处可见。也正如皮鞋代表着城市,布鞋连接着古朴乡村,布鞋的脚印遍布于山野村舍,那都是些松软的脚印,离大地的心跳最为切近。

水晶鞋一定是硌脚的,穿着走不了几步就得脱下来;皮鞋则容易让人想起对动物的无情杀戮,想起带血的皮与肉分离时刻的撕心裂肺,脚踩皮鞋就是踩在动物的皮肉和无望的尖叫上;日本人的木拖和竹拖一定会让人产生拖沓感,走路姿势难免猥琐,以至电视里常可见到日本人拖着木拖点头哈腰的样子。我觉得只有布鞋才是舒适的,平底布面,轻巧而又稳重,适合乡村,适合乡村人们行走的节奏和步履。穿着布鞋的脚才更容易亲近大地和乡村的生活。

在乡村,纳布鞋是一门广为普及的手艺,所有妻子和母亲都擅长。她们用苦竹笋的壳制成鞋样,然后用糨糊将布层层重叠,等到一沓厚厚的布风干,就可以开始纳鞋底了。纳鞋底是一件费力的活,而且也有着颇为讲究的技艺。针脚的走向是否平直,线是否拉得够紧,这些都将决定鞋底的好坏。按理说鞋底是朝下的,并没有谁会常常将它们拿起来审视一番。但显然纳鞋底的女人们并没有这么想,她们之间常常悄悄谈论谁的鞋底针脚匀称,谁的鞋底纳得平整厚实。这是一门手艺,我对乡村手艺的理解是手工的艺术。既然是艺术,纳的鞋底就该讲究美观了。每一个针脚之间的距离,每一个针脚之间的着力都该是富有美感的。纳好鞋底后是上帮,缝鞋面,修边,一个又一个流程,都在针、线、剪刀和双手间完成,这是一个接近原始的过程,容易让人想到人类童年的舒缓时光。纳好一双鞋底需要整整三天时间,而做好一双鞋也就要四五天的工夫了。手工的劳作如此缓慢,又那样令人遐想。

那些纳鞋底的妻子和母亲,奶奶和外婆,一双鞋底要消耗她们好几天光景。我常想这长长的过程中一定有着各样心情,一针一线之间一定都分布着密集的心意。波动的情绪,暗藏的心思,都会透过指尖,透过那枚银闪闪的针传达到针脚里面,再固定于鞋底。这么想来,针脚应该是凝固的时光和具体化的心跳。乡村的女人们都不认得几个字,她们不会用笔用键盘记录心情,也无法让文字说出心里更深的语言。我愿意相信一枚银亮的针其实是她们手中的笔,而一沓糨牢的布就是一沓别有用心的稿纸。那线呢?是冗长的回忆还是缓慢的诉说?是墨水还是画笔上的颜料?这都不是很重要,如果你能明白每一个针脚都藏着细微的心思,如果你能够看见每一条线都牵引着自己的母亲妻子姐妹的时光,你就会明白每一双鞋底都写着说不出来的故事。只有乡村女人的手才有这样的能力,将自己轻重缓急的呼吸和愿望都写到一双鞋子里面去,让自己的男人踩着它走过冷暖人生,乡村的男人是否感知了这一切?

在乡村，那些新婚的男人一定会从岳母手中收到一双簇新的布鞋；守岁的孩子，在大年初一清晨醒来，床边也一定放着一双簇新的布鞋。这样的布鞋在做的时候就有更多特别的企愿了。我有时候也会傻傻地想，会不会有女孩对我说：我帮你纳一双鞋吧？这该是幸福的事。其实很多年后，我的脚底一定还留着儿时母亲为我纳的布鞋的余温。

我喜欢布鞋，这是一类跟温情和柔软有关的鞋子。它出自我们亲人的双手，包含着亲人的心思，它源自质地柔和的棉布和细细密密的牵挂。将布鞋穿在脚上，你会感到人世的温暖和情意自脚底开始一直向上，慢慢包围你，而将布鞋带在身边，就是将乡音和嘱咐揣在了怀里。

布鞋是柔软的，穿着它走路，你会心存善良；布鞋是本色的，穿着它走路，你会记得正直；布鞋又是朴素的，像我们故乡的大地和草原，像我们熟悉的田野和麦地，走到哪里，你都会记得儿时回家的路。

屋檐下,门墩上

城市的房子大多是没有屋檐的,就像城里人的裤管上不会沾着泥巴,就像城市里看不到青绿的草叶。但在乡村,家家户户都离不开屋檐。

寒来暑往中,屋檐勾勒出岁月的走势,为乡村的人们挡去了一身风霜。辛劳和漂泊之后回家,人们首先看见的就是远远的屋顶,黑亮的瓦片,随后是扑面而来的亲切的屋檐。"小家屋檐下",是美妙的期许和想象,也是我们关于家,关于生活的温暖诠释。在城市钢筋铁骨的住宅里,你一定不会滋生如此温婉的怀想。

屋檐是跟家园连在一起的,它为我们遮蔽了风日,是"家"字上面那个不可或缺的部首。乡村的屋檐,着实有许多可回味处。透过屋檐,你会看到生活本质的模样,屋檐上挂着成块的腊肉,挂着泛起红色光泽的老玉米,还有风干的豆子,这些都是来年春天用来做种子的。它们在屋檐下静默着,等待春天时萌芽,有如我们坐在屋檐下等待日子中的亮色。屋檐下也堆放着收割后的麦秆,卸下麦粒后的麦秆变得通透,就像放下沉沉心事的我们忽然获得了一种久违的轻松,麦秆也代表着松闲的农事。我觉得屋檐下写满了勤劳而殷实的生活。

屋檐下是听雨的好地方,"雨滴敲檐"这样的意境恐怕只在乡村才有。在屋檐下,你才能看清雨的样子,她们的晶莹,她们的轻声絮语,她们圆润的歌喉,她们那么具体从容地从高处跌落,或者在屋檐下串成晶莹的珠帘,这时候的屋檐就是一把尺子,丈量着雨意的深度。檐下听雨,听到的是人生的况味和岁月的声响。雨声淅沥,让整个乡村都安静下来,陷入自己的沉思。

夏天的夜晚,大家会搬好些竹椅放到屋檐下,老人、孩子松松散散坐开来。一抬头就看见漫天星斗,乡村的夜晚繁星如雨,如钻石,晶亮而热闹。乡村的孩子们就在这样的夜晚聆听了那些口耳相传的故事,渐渐看清了高于屋檐的天空,和比天空更为高远的星辰。日后不管走到哪里,他们都会记得孩提时屋檐下的那一次凝望。

屋檐的温情还有一大部分来自燕子,乡村的房子不仅是人的家,还是动物的家,燕子就是大家乐意招待的朋友,农家屋檐也藏着燕子一家的温暖。燕子秋天飞走,春天回来,它们从容地从屋檐下穿过,住进堂屋中,并不惊慌,也无需请示主人。它们的离去和到来暗示着季节轮换,时光更替。燕子从不迷路,不管时日阻隔还是长途羁旅,最终都能够回到原先的那户人家。乡村里的人们是善待燕子的,好些人家都会在堂屋中用竹篾编出一个底盘,钉在屋顶上显眼的地方,方便燕子衔泥筑巢。一户人家住着一户燕子,堂前的燕子是不是也代表着某种幸福祥和的祝愿?燕子实在是极有人情味的鸟儿,常常春天来临,一群乳燕破壳而出,这时两只大燕子就忙碌起来了。你会看见它们早出晚归,辛勤地哺育子女,把虫子一条一条放进小燕子嗷嗷待哺的嘴里,那样的场面怎能不使我们想到一切生命都具有舐犊之情？小燕子一天天长大起来,在屋檐下,人们又可以读到一份成长的喜悦。当然也会有意外,有只羽翼未丰的小燕子趁父母不在,在巢里拍着翅膀学飞,一挤一跳就从燕巢里掉下来了,落地后的燕子很是无助,如果刚好被它们的父母看见,两只大燕子就会在堂屋上空一次次盘旋,心急如焚。这时主人家会将稚嫩的乳燕拾起,放回巢中。这样的善念在乡村俯首可拾,燕子的好时光只在乡下才不会流失。

　　小时候,我们常坐在屋檐下的门墩上,看天空,看乳燕唧唧喳喳叫嚷着争食。那时,总有很多时间等着我们慢慢挨过去。所以,我们喜欢坐在门墩上,尤其是爷爷家的门墩,当两扇木门打开,门墩就显得宽大了,我们好几个小孩都爱分开双脚骑在那里。我甚至常将门墩上的横木想象成一匹马,或者一辆可以远行的车,尽管这么些年从未见到哪一天门墩走动过,但它却曾带着我的想象远行过。我坐在门墩上,用柴刀削出一把木头的剑或者做一把枪,或者坐在那里用锯子锯下一截棕榈树,将它制作成车轮的形状,然后造出一辆木制小车。我和妹妹也常坐在门墩上等待晚归的父母,他们下地劳作或者上山拾柴,有时很晚才回,我们就孤寂地坐在门墩上,看着晚霞染红天空,又看着远山收走所有的霞光,夜幕慢慢拉拢,暮色渐渐升起。

　　门墩是我孩提时代的手工作坊,也是一把童年时代的坐椅。门墩上留着无数刀砍锯拉的痕迹,在没有玩具的童年,一把木刀也可以为我们的想象增色,并帮助我们将想象成形。

很多年后,作为椅子跟乡村一起让我们记忆的,除了绵软的稻草垛,光滑的浣衣石,还有那条可以载着心灵远行的门槛。

那一声欢快的响

　　乡村孩子的童年中都留下过爆米花时清脆的回响。
　　我们的童年是一个物资稀缺的年代,并没有多少零食可言,一分钱一颗的硬糖,五分钱一把的瓜子,一角钱一根的棒冰,这些就是令人眼馋的零食了。令我记忆深刻的是在那个山村小店里买瓜子,小店主人是一位精明而和气的小老头。我偶尔会得到五分钱去买瓜子,五分钱的瓜子是并不过秤的,小老头的手掌就是秤了,他将瓜子满满当当抓一把放进我的口袋,然后我便一路嗑着瓜子跑回家去。有一天,我午睡醒后,大概希望吃到一点零食,在母亲膝前缠绕不去。母亲从抽屉里翻出五分钱给我,让我去小店买一把瓜子。我拿了钱,觉得有一种说不出的富足,跑到小店,我响亮地跟小老头说买五分钱瓜子。其时,我爷爷正好坐在那里谈天,他不紧不慢地掷出了一句话:你们家还有钱买瓜子的哦。我并不明白这句话中深长的意味。回到家就将爷爷的话学给母亲听,没想到母亲当时很生气,并为这话耿耿于怀了好久。现在才知道母亲是在责备爷爷,这么小的孙子拿五分钱去买瓜子,你老爷子都舍不得。其实爷爷一向是疼爱我的,想到这样一件小事,只是想说在我的童年里,买一分钱的零食都显得有那么些奢侈。

唯有爆米花是个例外,可能爆米花来得比较容易吧。隔段时间,是一个月,也可能两个月,或者年节临近时分,村里就会冒出一个爆米花的人,忘记了他是中年人还是老头儿。只是清晰地记得他挑着担子,担子前放着一个黑糊糊圆滚滚的家伙,担子后摆一台破风箱。他悄然走进村来,并不说太多的话,兀自在村子开阔处,摆开架势。他早已从哪户人家的灶间弄了一大堆柴火,用两根铁架支起那个黑色的鱼雷状的铁家伙,再把风箱搁在柴火边。不知道爆米花的人出现的风声是如何走漏的,或者是爆米花时那砰的一声响动,唤醒了平静的山村?确切说是唤醒了山村里正等待奇迹出现的孩子们。像山间四散的雨水淌到了一处,各家各户的孩子都会突然从各条村边的小道上跑出来,出现在村口那块空地上,手里捧着一罐玉米粒,或者一罐米、一罐黄豆。孩子们将爆米花的人团团围住,目不转睛地看他不慌不忙地摇动架在火上的那个肚皮滚圆、两头尖削的黑铁罐。这时候,爆米花的人总得站起来维持秩序,他说大家靠边些,靠边些啊,你们的脚都要踩到火了;大家去排好队吧,排好队啊,按照先后顺序来啊。一群孩子就会往旁边靠一靠,但并没有人会去排队。那些盛着玉米粒、大米、黄豆的大瓷碗啊,小竹篮啊,陶罐啊,搪瓷杯啊,早已代替它们的主人弯弯扭扭排起了长队。

最先轮到的孩子是有福的,不仅因为他们可以最早尝到爆米花,更重要的是在他们的爆米花炸响后,随着爆米花的人从铁罐里将一大堆米花倒入一个大麻袋,他们展开袋子时,可以接受来自同伴无比羡慕的目光检阅。那种自豪一定能给孩子小小的心脏增添无穷的甜蜜。

排队等待的过程通常变得焦灼而漫长，不过大多数等待的孩子此刻都已经吃到了别人的爆米花，大家边吃边等，还是一次次将爆米花的人和他那个神秘的大铁罐围住，他还会一次次站起来要大家退后些。等到自己的东西终于装进那个乌黑的大铁罐了，我常常就会伸长脖子去看铁罐前面的时钟，可从没弄明白该等多长时间，可以听到那一声铁罐开启时带着欢快的响动了。但记忆中这样的过程确乎是漫长而带着些不安的，在等待的过程中，那些莫可名状的愿望就会如铁罐里的玉米粒或米粒那样膨胀开来，变得越来越大，越来越热切。终于，那个人将乌黑的铁罐再次从跳动的火焰中搬了下来，我看见他伸出脚去踩住铁罐的阀门了，我知道动人心魄的响声就要出现了，心跳也禁不住怦怦怦地加快起来，胆小的女孩子照例早早用手捂着耳朵，躲到角落去了。

一声轰响之后，那些原本小个子的米啊，玉米啊，黄豆啊，都变得奇大无比了。拎着甜滋滋的爆米花往家走，小小的心里无端多出了一种丰收般的喜悦，你看，拿着那么微小的一罐米粒去，拎回家却是这样的一大袋。

爆米花之所以如此令年幼的我们向往，还在于它用自身经历为我们生动演示了愿望放大后的样子吧？让孩子们觉得只有在它身上我们才能最直观地看到小小的快乐变成了很大的快乐，小小的种子变成了很大的收获。

这样的喜悦来得那么容易，一声爆响就能实现。所以，孩子们格外喜爱爆米花。

猪　油

古老村庄里，并没有那么多品种繁多的油，什么花生油、菜籽油、芝麻油……乡村生活一向简单，有着可以数得清的享受。可以给粗茶淡饭的生活增添油水的，只有猪油。因了稀缺，猪油对于乡村来说是金贵的。

农历旧年末，村里每家每户开始杀猪。杀好的猪，身体的部位根据各自的用处会被严格区分，用来完成一件件"大事"。猪头用来祭祀，猪蹄用来招待新女婿，猪心、猪肝用来宴请村里的新娘子。剩下的猪肉，乡村的人们并不会卖掉，他们发明了许多可以保存的办法，抹上盐，压在霉干菜里，或挂到房前屋檐下，风干。而猪腹部两大块板油会被单独剥离出来，这意味着漫长的一年里餐桌上能拥有一些滋润和亮色。咸肉是用来招待客人的，自己家人并不常吃到，猪油才是留在日常餐桌上与大伙相伴的。

从猪身上剥离出来的板油，经过充分熬煎才能长久保存。熬猪油是一件隆重的事，备好木柴，最好是那种粗大结实的树桩劈开来的柴。这样的柴耐烧，且烧起来火旺。家里的女人们会将板油切成一个个骨牌大小的方块。然后悉数放入锅中,为了不让油溅出来,木柴得一根一根添进去,火温得慢慢加热。这样雪白的板油块就会缓缓融化,像一块冰糕逐渐消融在春天的阳光里。这个过程缓慢而安静,其间母亲并不容许孩子在屋子里跑来跑去,也不许他们多嘴多舌,据说保持内心干净,熬出来的猪油才会晶莹剔透。只有灶膛里的火劈劈啪啪唱着,只有板油发出咝咝的微响。熬猪油的时候,孩子们就隔开一段距离,远远站着,翘首观望,耐心等待猪油渣。他们并不在乎熬油的过程,也不在乎能熬出多少油,他们看中的是油渣松脆喷香的味道。小时候我便常常坐在楼梯上盯着母亲熬猪油,等久了,就嚷起来:猪油渣好了吗?猪油渣好了吗?我等不住了。

等到锅里全是透明的油水,母亲便会将油一勺一勺稳稳地舀到一个个事先备好的坛子里,让它慢慢冷却。母亲在做这个动作的时候,脸上的神情是庄严的,并不会说一句话,这无端地让小孩们觉得熬猪油是件神圣的事情。最后那些板油块再也见不到了,只剩下金黄的油渣,此刻,孩子们就可以跑出来一饱口福。

而装进坛子里的油,原本是透明的,亮汪汪的,冷却后,就成了洁白的固体,细腻如粉,光滑如丝绸。母亲说冬天熬出来的猪油,可以存放许多时日,一年两年,甚至三年四年,都不会变馊发霉。

一坛一罐的猪油,被乡下的人们小心翼翼收起,像收起一种不能轻易言说的喜悦。在咸菜里放一勺猪油,庄稼人就能一口气喝下好几海碗米粥;炒土豆前放两勺猪油,土豆就泛起焦黄而动人的亮色,像一张冷淡的脸突然想起了幸福往事,一下子透出了生动;在拌了酱油的饭里加入小半勺猪油,饭就会变得有滋有味。猪油是粗糙生活里一勺精细的点缀，是平常日子里一点点可以见到的微小奢侈。因了那一小勺猪油，多少孩子会欢快地吃下手中一大碗平淡无奇的挂面。这样一想，柴米油盐中，柴，米，盐，仿佛都是必需品，而猪油则更接近于调味品，由于它的出现总是一种额外的小惊喜。猪油不承担填充辘辘饥肠的任务，它是餐桌上和生活间歇中，和那一点小小的享受连在一起的，这让它在乡村的生活里有了那么点与众不同的优越。

因了这层关系，猪油有时候会摇身一变成为乡村难得的礼物。早些年，我们回老家，那时老外公还健在，他就会从坛坛罐罐里挑一坛猪油，让母亲带上。猪油翻山越岭，走村穿寨，来到城市。一坛不大的猪油，母亲用得节制，每餐只是舀上两小勺，就能伴我们大半年时光。母亲说菜油吃着不上嘴，只有猪油才入味。城里人见了一坛猪油千里迢迢而来，大致觉得这是很好笑的。他们在笑的时候，表情里大致也是藏着许多看不见的优越和不屑的。他们无法明白这中间的喜悦，更无法明白猪油朴实的香味，小时候他们也没有尝过猪油拌饭的味道。

草 药

在乡村,植物是人的邻居,与人的情分格外深厚。

很多人的身体里都流淌着草木的气息。草木为人们驱散病痛,祛除恶疾。乡村的人,自己是自己的医生,遇见小伤小痛没有人会大惊失色,跑到房前屋后、田边地角刨几块树皮敷上,或者拔几棵野草,煎成汤喝下去,不出三五日,也就药到病除了。

我孩提时代,吃过不少草药,印象最深的是村口的那棵苦楝树。少时喜欢吃糖,除了蛀牙,还有就是隔三差五犯蛔虫病。蛔虫常常在我体内作祟,于是我便和苦楝结下不解之缘。母亲常拿了小篮子,到村口的苦楝树上刮下些树皮,然后带回来放在锅里煎成汤,让我喝下。苦楝树皮汤是极苦的药,苦得痛快淋漓,苦到无法入口的地步,但每次我喝起来都是很快的,满满一碗苦汤,我屏息凝神,一口气就喝下去了,为此常得到父母夸奖。直到现在,母亲还是常常念叨起我小时候喝苦楝树皮汤的情形,说我喝药的时候特别不怕苦。其实苦是怕的,只是我不太像别的孩子那样撒一通娇,我好像打小明白苦药最利于治病。

当然草药中也有留给我甜蜜记忆的。有种叫白茅根的草,我们称呼它茅草根,熬成汤,具有生津止咳的作用,也是我小时候经常喝的。遇上伤风咳嗽之类的小症状,父母就要去挖茅草根了。茅草根,爷爷家门前的山上就有,沿着蜿蜒的山路往上长。走上去一小段路,路边的一溜草就是了,锄头挖下去,一段段白色的根须就藏在浅浅的黄泥地里。把草根挖出来,剥去外面薄薄的皮,就露出了玉白色的根。白茅根是可以直接放在嘴里嚼着吃的,一嚼能嚼出满嘴清香,还有甘甜的汁液。很长一段时间,茅草根也是我们童年时代难得的一种零食。我们拿着小锄头去刨茅草根,那真的是一种很美妙的味道。这样的味道在回忆里更带上了一种清香的甜蜜,让童年的味蕾遇到难得的美好。这份甜蜜在往后生活里再也无处寻了。

　　还有一种治疗咳嗽的药,学名叫沿阶草,我们叫它麦冬,也是一种甜甜的食物,叶片如兰,比起茅草根来,麦冬有较大的块根,味甘甜可口,我们也常拿来吃。由于麦冬有粗大的枝叶,所以拔起来比茅草根容易,运气好时,拔出来后下面缀着一串惊喜,将它们放到清澈的溪水中洗净,麦冬的块根便显露出一种久藏于泥地里的朴素光泽。

　　乡村的草药还有很多。车前草是可以止鼻血、利尿的。桑叶,尤其经了霜的冬桑叶晾干后入茶是可以清肺润燥、清肝明目、美容减肥的。枇杷叶是可以镇咳化痰、平喘抑菌的。哪怕常见的生姜,放上些时日,干燥后也可派上很大用处。乡村的女人们怀孕生产之后,有一个月左右的时间需在房里休养,那个时候婆婆们都要备下炒米粥,用来给产妇调养身体。炒米粥是产妇们的主食:先将米爆炒至金黄,再放入汤中,煮沸后加入米线,佐以很多姜末。炒米与干姜都有温中主热、回阳救逆的功效,这样的食物安排对于虚弱的产妇来说大概是有效的,这样的习惯也从遥远的过去一直留传了下来。孩子出生后,产妇们的第一餐炒米粥也照例要和隔壁邻居分享,一旦哪家有小生命诞生,乡村的院子里就有干姜的香味伴随着降生的喜悦四处弥散开来。

覆盆子、金银花、五加皮、刀豆、茯苓、橘皮、山楂、常春藤……这些有着好名字的植物们都是可以入药的。在漫长时日里,它们为乡村的人们抵挡了一身疾病,让人们的身体绕过那些意想不到的坎坷,一次又一次帮助我们走回到健康的状态。

感谢草木,感谢我们沉默的邻里。

辑二 情意如酒

味　道

　　说到记忆,一定会具体到一些泛黄的画面。其实,记忆不仅止于眼睛。手指也有记忆,当我们的指尖划过一块旧布,往日穿着朴素衣裳的自己又重新走来;耳朵也有记忆,当熟悉的声音响起,我们的心就跟着那声音走了,一脚踏进了昨天;舌头也有记忆,多少滋味萦绕唇齿间,那些儿时的味道,伴随我们穿越千山万水,直至一生。

　　到今天我还记得那一盒薄饼干的味道。那是怎么得来的一盒饼干呢?应该是年节里一个远房亲戚带来的礼品。你们大概不会知道,那时在我们偏僻的小山村里,人们拿出来的礼品只是两斤白糖,一包红枣。一盒饼干算是有点洋气了。母亲将那盒饼干搁到了卧室里橱柜的最上层。那里是母亲放置重要物品的地方,我和妹妹绝对够不着的。母亲说这盒饼干要送还那位亲戚。你可能也不知道,在我们的小山村,礼品并不容易置办,所以就有了送来送去的习惯,常常是张家送来一瓶什么酒,然后转到李家,再由李家转到王家,最后这瓶酒又从王家转回张家。那时的礼品是抽象的,只是个象征而已,并不能真的拿来大快朵颐。况且那户亲戚家和我家的关系正值紧张期,母亲觉得很难找出一盒类似的礼品,就想将她家拿来的红枣换成两斤白糖,和饼干一道作为回礼。

尽管我和妹妹的眼里充满热望,母亲却视而不见。她是那么郑重其事地站上了一条方凳,又是那么郑重其事地将那盒饼干搁到了最上层。这么说这盒洋气的饼干是注定要被退回去的,我和妹妹也注定只有悄悄地咽咽口水了。是的,我们是听话的孩子,听话的孩子的特点就是面对自己渴望的东西,却不会撒娇。尽管那年我才6岁,妹妹3岁。

我们只好远远地看着橱柜的最上层,仿佛那里有一块磁石,总是将我们的目光吸引过去。6岁之前,我从没吃到过那种饼干,我们连其他饼干也很少吃到。这薄薄的饼干,如果将它放进嘴里,让它在舌头上面慢慢融化,那会是什么滋味呢?显然这是我无法想象的。因了渴望,饼干的味道变得神奇无比,它的动人超乎想象。

有一天,母亲出去了。我跟妹妹说,我们把那盒饼干拿下来看看。于是我拿了一张方凳,努力踮起脚尖,好不容易够着了饼干,那一刻我的心几乎要欢呼起来了!那真是一种我们从未见过的塑料盒子,里面的薄饼精巧地排列在一起,一片又一片,散发着阳光般的光泽……这样的饼干会是什么味道呢?但看了看之后,我又无限留恋地将它放回去了,我说过我是一个听话的孩子。

又过了几天,当再次将那盒饼干拿下来,我发现了破绽:那么薄的饼干,如果偷偷吃掉一片会怎样呢?母亲一定不会发现的。这个念头就这么紧紧地抓牢了我,让我再也舍不得将饼干放回橱柜的最上层。在这个念头顽强的驱使下,我拿了一把剪刀,将饼干盒挑开了一条很小很小的缝隙。我在做这一切时,简直是小心翼翼,一丝不苟了。我先是从盒子里抽出了一片饼干,然后掰开来,将半块给了妹妹。就这样,我尝到了梦寐以求的饼干的味道。其实这种饼干并没有什么独特,但在想象里,它几乎接近了绝妙。

我无比忐忑地跳上方凳,将饼干重新放好,当然母亲没有发现任何蛛丝马迹。过了几天,我又重新惦记起那盒饼干。我再次将饼干拿下来,跟自己说我只吃一片,是的,只是一片,这样一点也不会影响大局,一点也看不出来。于是,我又拿出一片,回转身看看妹妹,我觉得我们至少可以每人都吃一片。就这样,那天我们又吃掉了两片饼干,剩下的饼干重新安然地回到橱柜最上层。

母亲照例没有发现。往后,我又焦灼地等了好几天。我发现母亲几乎将那盒饼干忘记了。这样我仿佛又获得了新的勇气,几天后,再次将那盒饼干取下来,抽出了几片,盒里的饼干明显比先前松动了不少。但我用手将饼干盒轻轻一晃,那些原本挤挤挨挨的饼干一下子就又占满了整个盒子,我觉得这样一来我母亲还是看不出什么名堂的。

就这样,等到母亲要去探访亲戚时,盒里的饼干只剩下一小半了。当然,她不需要考察就认定是我干的,3岁的妹妹绝不可能爬那么高。为此,我挨了母亲一顿打,母亲用竹枝抽打在我身上、腿上,那里渗出了淡淡的血丝。这大概是我童年时代挨的最严重的一顿打了。

现在我再也不吃那种薄饼干了,但你无法知道,它看起来平淡无奇的味道在我的童年里有多么神奇。

进入人生记忆的味道并不只因了渴望,有时还因了背后的故事。

那年我正读初三。临近中考前的夏天特别闷热,雪糕成了抢手货。一下课,同学们都向小卖部涌去,小卖部门口飞扬着雪糕的包装袋,弥漫着冷柜里冒出来的一层雾蒙蒙的白气。唯独我并不像其他人那样常跑小卖部。初三那年,我一周有十五元零用钱,这其中包括了六天的午餐费,最终可供自由支配的钱就剩两三元了。当然,我也并不觉得雪糕的味道有多么令人着迷。只是关于雪糕,有种感觉令人难堪。每次上完体育课,班上的同学十有八九都会买雪糕回来坐在教室里悠闲地吃。你可以想象,我的前后左右,除了头上和脚下没人,所有人都举着一根雪糕,津津有味地吧嗒着嘴,嘴里还辅以很享受的"滋滋"声。唯独我,手里握着笔,坐在座位上沉思默想,低头看书。其实我什么都看不进去,其实我也不留恋雪糕的清凉和甜蜜。我只是深深感到周围有许多异样的目光射过来。我就不断在心里跟自己说:一定要做出无所谓的样子。对啊,我口袋里还有钱可以买雪糕的,只是我不那么想吃罢了。我为什么要像你们一样呢?我这么跟自己说,并且伸手摸了摸口袋里静静躺着的几枚硬币,心里才得到某种虚弱的安慰。16岁的我是个那么敏感和要强的少年。当时我是班里的班长,习惯了人们看我时敬佩羡慕的目光,但在雪糕的问题上,却一度让我对体育课的到来充满不安。

直到一节体育课后,班里有个老实巴交的男生递给我一根雪糕,他说坐我前面的女生让他交给我的。他说这些话的时候,脸上几乎看不出表情,仿佛只是例行公事。

我接过了那根雪糕。我不知道我为什么会收到一根雪糕,不知道自己该不该吃,又不好去问她。我就装作很平静地吃了起来,一小口一小口地咬下去,心里却翻江倒海。

后来的体育课后,我照例隔三差五收到雪糕,照例是班里那些个老实巴交的男生把雪糕递到我手上的。他们只是轻声地说谁让给的,然后便走开去吃自己的雪糕了,并不会有其他更多的话。这件事情一直没有引来其他人注意。直到现在,我也一直没弄明白那个坐我前面的女孩是想帮我消暑呢,还是想帮我化解这由雪糕带来的难堪,但她的用心多么良苦,她选择那些送雪糕的男生一定是颇费心机的。总之,她用她的雪糕非常巧妙地照顾了一个男孩的自尊。

很多年后,再也找不到那个女生了。我们从一开始到现在从没谈起过当时的雪糕,但雪糕的味道显然成了记忆的一部分。

旧房子

我是15岁那年住进这栋房子的,一开始它就不新了,是从别人家购来的二手房,但搬进去那会儿,全家还是很开心。

到这个陌生的地方落脚,我们一直没有自己的房子。先前住在父亲小诊所的一个小间里,两张窄窄的钢丝床,一个煤油炉,那就是家。那时母亲还在故乡,姑姑给父亲帮忙,十七八岁的小姑娘要在那个小煤炉上烧菜做饭,真难为她。我印象中,她常常在搪瓷杯里直接搁几条小咸鱼,或者几块萝卜、几片大头菜,倒上点油,这些就算晚餐了。

后来我们借宿在一位老邻居家,他们楼下有一个15平方米左右的空房间,容得下两张床。有一晚我独自睡不着,起身返回父亲的诊所,将小房间那把唯一的钥匙反锁在里面了。小心谨慎的父母觉得不好叫醒入睡的邻居,这样我们就在小诊所里过夜,父母把那张给病人挂点滴的小床给我睡,他们在板凳上坐到天明。

再往后,我们搬到诊所隔壁的一个小平房里,30多平方米的一个小间,低矮潮湿,冬天冷,夏天尤其热,我的蚊帐里安了一个碗口大的小风扇,我欢喜了好一阵子。有一年发大水,水漫进房来,漫过我们的脚,又漫过我们的小腿,眼看着快要漫到床沿了,幸亏雨停了。衣柜、箱子、煤炉全被浸透了,但我们没地方去,那个夜晚我们就睡在水中的床上,母亲大概是流了一夜的泪。

搬进这栋房子后,我首先为一种平等的感觉而喜悦,我不用成天躲在小平房里,不用因了班上的女生从家门口走过而自卑了。我可以大声告诉别人我住哪里了,我的家也有一扇大门了,有好几把钥匙。你看,这一切,那么简单的要求,在我敏感的少年时代竟然是奢侈的。

尽管这是栋不新的房子,但毕竟是安定的家了。我也有了自己的房间,自己的床,还有一张写字台,一个柜子。我梦想有个书架,在搬进去时,母亲果然请人用粗糙的三夹板为我定做了一个简易大书架,书架的规格是我自己设计的,由于没怎么见过真正的书架,那个书架有些笨拙了,但仍然让我很喜欢。我在上面慢慢地放上一点一点积攒的书,放上一沓一沓打印的文稿,直至整个书架满满登登。那个大书架陪伴我许多年,上面的书一度成了我最富足的收藏。

我在这个房间里读了许多许多书,写了许多许多最初的文字。从15岁到28岁,那是最青翠的时光。一栋房子,收留了我们一点一滴的故事。

我从学校的旧书摊上买来一张张不起眼的风景画,贴在小房间的墙上。我用自以为飞扬的行书在宣纸上努力地写下一幅秦观的词,也贴在墙上,这样我觉得我的房间就有风景了。那时候,房子的前面是一片开阔的田野,夏末秋初,田野里荡漾起金色的波浪,我经常在黄昏的暮色里独自走向田野,远远地回看这栋房子,它掩映在稻香中。然后我又回来,那时灯已经亮了,晚饭已经上桌了。

我在这栋房子里憧憬过未来,我也失眠过,为坚硬的现实流过泪。后来,我在房门上贴了一句话:我想超越这平凡的生活,注定现在暂时漂泊。

我在这栋房子里完成了人生的许多抉择,我在昏暗的灯下,填写了一张又一张人生的履历。那些我写在方格纸上,或者敲打在键盘上的文字都是从这里出发,最后抵达众人的目光。我的第一本书出版后,我就是站在这个小房间里欢呼雀跃的。

我也在这栋房子里躲过了一场又一场风雨。我们遭遇过窃贼,深黑的夜里,一个硕大的黑影蹲在我的写字台上。我们遭遇过各样的侵害,隔壁的蔺草制品厂尘土弥漫,直接废草焚烧扬起的烟尘遮天蔽日,我们忍耐着。我们经历过后工业时代的无情侵蚀,所有田野都消失了,我们的房子被林立的厂房团团围起,我们没有清风,我们失去了温暖的冬阳,我们去交涉,但谁能阻挡工业区圈地的脚步?

有台风的夏季我还会担心房子进水,潮湿的雨季我还会担心房子漏雨。可是,匆忙的白天过后,我们还是急急地赶回家,每一次外出,我们还是习惯地拨打那个不变的电话号码。

还有多少事呢?人的记忆总是那么不可靠,有多少时光被遗漏了?现在这栋房子即将被拆去,它收藏过我的年少青春,就像已过去的旧日,我少年时代拥有的场景将被推为平地。我将再也找不到那些往事,那些成长的印痕。

母亲让我去整理旧房间。尽管我早已住到自己的房子里,但我发现这个旧房子仍然有我那么多挥之不去的记忆。我将一箱又一箱的旧笔记本、旧磁带、旧相册全装上了车。我将那个装满了报纸的旧皮箱装上车,那个箱子收录了刊有我文字的近十年的样报。还有一条叫土豆的老狗,一只叫蹦蹦的兔子,这一切都将离开,和母亲他们一道去往一个新的住址。

这个窄窄的阳台,我曾经在如水的夏夜席地躺过。这些窗子,尽管已没有阳光了,但我仍记得一窗的牵牛花。屋旁的一畦菜地、一小片葱、一棵枇杷树,屋前的一条灰白的水泥路……这一切,现在我要和你们一一告别了。这住了十几年的地方,让我深深俯首,以说出心里的谢谢。

书信年代

慢节奏的年代里,我们都有过关于信的记忆。信的存在构成了旧时光的一部分,像一台古老织布机上一枚精致的零件,亦是老木屋窗台上的那盆花,有浅淡而久远的香。

我想象中最美好的书信还是在古代。中国古人们舍得花大把时间给心情,纯粹为了让它接近诗意和安然。从驿寄梅花、鱼传尺素开始,古老的通信总是令人遐想。一封最美的信会在怎样的时刻写就呢?有时候是一个春夜吧,山间的风暖融融地荡漾开来,空气里有欣欣向荣的气息,枝头有花蕾绽开,也有陈叶飞落。此刻有人想写一封信,想把春天附在纸上寄到冰封的北国。有时候是深秋,山山寒色的时节,有人踏一地落叶归来,在向晚的书斋里铺开宣纸,用狼毫笔在熟宣上写信,他的纸页间铺展着苍凉的迹象和人生的况味。还有时候,像唐朝的张籍那样"复恐匆匆说不尽,行人临发又开封"。这个动作太耐人寻味了,他是怎样小心翼翼地在那些齐整的字里行间,添上一些蝇头小字的呢?有一句怎样的话他觉得必须添上去呢?添了那句话,他一定还担心对方不能足够会意。信要送走了,他又忧心起来,舍不得封口,封好了,他一定还有话说。他甚至都有些恍惚,那些信里本已写得很明了的话,他是不是真写到纸上了?那些句子是不是足够承载心意了呢?有没有一个词语需要替换成另一个词语呢?这样的信真是心意万重,思绪绵长。

  一封最美的信会在怎样的时刻到来呢?一定是良久等待后,仿佛口渴遇到了泉,绝境遇到了桥。思念用去了七分,牵挂用去了七分,愠怒藏了三分,怨恨藏了三分,担忧也藏了三分,唯独灿烂的春色让等待的人视而不见许久。这样的时刻,期待的信款款而至,看信笺上熟悉的墨迹,真正见字如晤。那一刻,屏息凝视,用指尖小心翼翼挑开封口,抽出内页,温暖的话语扑面而来。突然地,愠怒消了,怨恨散了,只有满眼春意,春天就在那一刻芬芳起来了,一封书简多像一袭惠风。最美的信,还可能在大病初愈的时刻抵达,人还在病榻上,但这些话语恰好足以温暖身体里的寒凉,一封信就是一味后续的药了。最美的信,还可能在战争离乱的硝烟里抵达,生死远隔的时刻,一封亲人的信穿越了千里烽火到达我们的手里,那时候我们握住的不仅仅是文字了,是生命的薪火和希望,那时候多少人在泪水纵横里传阅着这纸上平安的消息。那时候你就理解了杜甫说的"烽火连三月,家书抵万金"。

  最好的信,是一个心思缜密的人怀着闲暇的心意用小楷行书,繁体汉字写在宣纸上,墨迹淋漓,且不会在时光里褪色。

  而信的好则在于写信这样一种方式改变了时间的进程。一页纸,一个信封可以将心绪封存起来,留给适当的人去开启。道路远隔,时光遥迢,但心灵的痕迹都会原封不动收留到纸上,不管你在什么地方打开，纸上的心境是不变的。那些纸页间散落着许多心事，那些在时光里历久弥新的汉字散发着光泽，他们铺排成行，或齐整或松散，或字体飞扬或蝇头小楷，在一个断开的笔触里，你能读到慌乱和急切，在一个墨迹很浓的字里，你能读到他加重的语气，在一个舒展的词语里，你能见到他轻轻舒开的眉梢。总之，在一个小节和另一个小节的起落间一定藏着微妙的心灵起伏，藏着一种心境和另一种心境的起承转合。

这是信的好处，它不仅仅只是传递信息，它还传达微妙的心意，传达不易觉察的表情，传达主人的眼神和呼吸。

写信这样一个缓慢和期待的姿态，给了心灵一个余地，就像书法和国画上的留白，言有尽而意无穷。一封信寄出去了，你的心思也跟着它走了，但你并不确定，此刻你心里的话正走在怎样的一条路上，正经过谁的手，它将在绿色的邮筒上躺几个时辰，接着被一只怎样的手拾起，然后放进一个怎样的邮包，一路上它又将经历怎样的颠簸，才能到达她的手里。在写信者的心里唯独留下一个隽永的画面：一辆挂着帆布包的永久牌28寸自行车，一个朴素的木邮箱，上面写着令人心动的门牌号。

信的往来也让情意在缓慢里逐渐抵达彼此的内心。除了牵挂，信给心灵留下了无数未知的等待，等待的间隙，为相爱的人留足了充沛的念想的时间和心境。真正的爱情和友情都是缓慢中成长起来的，中间需要经受双方心灵的种种跋涉，才会趋向于甘甜和恒久。像一棵北国的乔木，总是生长缓慢，才能出落得挺拔而坚韧。

在少年时代，我们曾经写过很多信。我们热衷于把自己的心情装在信封里，寄往一个自己未到达的地方，我想那是一个少年的心灵远游方式，在足迹还未能出发前，信已替代我们经历了各样的远足，也替代我们去见了许多从未谋面的人。

后来到了少年的恋爱时光，那个时代的少男少女们都在书信的往来里完成了自己的爱情启蒙。长长假期中，一封一封的信出发了，它捎带着少年的烦恼和喜悦穿过时空的阻隔，它让少年的纯真之恋在纸上舒展开来。用文字写在纸上的恋情是心意曲折的，回避了现实里的直白和肤浅。这样的情意就有了回味的余地，少年的心在等待来信的日子里弥漫起忧伤，我想这一定会在他的心里埋下最初的艺术情思。

有书信的年代，生活还是缓慢的，人们有闲暇时光用来品味生命的冷暖，感知黄昏的暮色慢慢爬过一道颓墙。人们有闲暇时间站在屋檐下，看着冰凌消融在冬日的暖阳里，村庄周围的树丛里雾气升腾。

有书信的年代，人们的表达是朴素的，思念是落到心里的。人和人的感情是慢慢滋生出来的，人们来得及为了一个句子而生半个月的气，也来得及为了一个句子而满怀欣喜度过一个漫长的季节，人们还相信爱情是要经历等待，才会瓜熟蒂落的。

母亲的蓝布褂

打开房门进到家里,第一眼就看见沙发上搁着一件蓝布褂,就是那种不起眼的工作服。待会儿还有人来访,在沙发上搁这么一件衣服似乎很不搭调。

我手里的包未及放下,就用空着的手将那件衣服从沙发上挪开了。我将衣服拿到餐厅,顺手扔在一把椅子上,才坐下来喝一杯水。

这时我发现地板正泛着洁净的光泽,客厅茶几上散乱的报纸不见了。洗手盆重新拥有了原先的白净,窗子明亮,阳台上晾满了衣服。

我知道母亲来过了。成家后,母亲问我要去了房门钥匙,尽管她没说,我知道她是为了随时过来,帮我们拾掇拾掇。

我的手触到了母亲落下的这件蓝布褂,我将它捧起来,为刚才的想法深深内疚。

母亲有好几件蓝布褂,是她干活时穿的。我的记忆里,还留着十几年前母亲穿着蓝布褂在一个席草制品厂里干活的情形。我们

辑二　情意如酒

放了学去找她，穿过潮湿泥泞、粉尘弥漫的厂区，好不容易在一群蓝布褂中找到母亲。母亲戴着厚厚的口罩，头发、眉毛上全是白色的粉末，像一层凝重的霜雪。她将我和妹妹拉到一个无风的角落，从蓝布褂里掏出两个馒头，或者一片面包。那是工友们干活累了时一道起哄着买点心吃，母亲才愿意花一块钱买的。但她又舍不得吃，就用洁净的袋子包起，好在放学后给我们。我还记得母亲落满尘土的手从蓝布褂里摸索出的两个馒头的温热，我和妹妹总是吃得津津有味。

这是我少年时代对于蓝布褂的记忆。往后，一到干粗活和重活，我就常常看见母亲穿着蓝布褂忙碌的身影。她在房子转角处一条废弃的路上开辟了一块菜地，将河岸上疏浚河道留下的泥土，一簸箕一簸箕挑到那个坚硬的转角，再用锄头将这些土块一点一点敲碎，那时，她的蓝布褂就在身上，被汗水沤湿了一大片。等到夏日傍晚，她又穿上蓝布褂，用洒水壶给菜畦里的蔬菜洒水，蓝布褂的身影在简易的篱笆里穿来穿去。

我新装修的房子要铺地板了，母亲就蹲在地上，用小刷子一点一点扫，她裹着蓝布褂的身影是那么瘦小，蹲在角落里，让我一时间都会找不到。她将漆匠、泥水匠、木匠们落下的水泥、石灰和木屑一点一点扫起，慢慢地在一根又一根木档间移动，手里的小刷子一刻也没停下。她的蓝布褂那会儿落满了粉尘，一片深蓝里沾着左一块白，右一块白，让我恍然忆起十几年前那个席草厂里的母亲。岁末年尾，母亲又开始大扫除了，将一年来沉积的尘埃慢慢擦拭。她站在一张方凳上，努力地踮起脚，不愿放过窗户最上方的一小片污垢。她总是那么固执,仿佛不将那些污垢去掉,就是她的失职了。母亲那会儿照例穿着她的蓝布褂。蓝布褂在玻璃的那一边移动着。有时,它的下摆会被风吹起,我就看着一角深蓝缓缓飘动一下,又一下。穿着蓝布褂的母亲那么瘦小,但站在方凳上的母亲却那么高大。

还有多少次,母亲骑着她的旧自行车来我家。她迎着风,总是骑得很慢。母亲特不擅长骑车,我们常常笑她骑车的样子木讷别扭,一遇见前面有电动车,她就使劲打铃,若是汽车突然窜出来,她必用力捏住车把,紧急刹车,一脚突兀地从车上踏下来。那会儿一件蓝布褂就静静搁在车篮里,跟随着母亲的自行车,远远赶来。母亲将自行车停在一个现代小区的住宅楼下,从车篮里拿出抹布和刷子,还有那件蓝色布褂,现在已经不那么蓝了,在它的蓝里泛着一层洗刷出来的白。我想小区里的人们会不会将母亲认错呢,会不会将她看成了一位钟点工?

每当想起这些,我就有说不出的难过,她应该到我家里来做客才对;她应该坐在儿子窗明几净的客厅里喝一口茶,看一会儿电视才好;应该在餐厅里像样地吃一餐饭,喝一口热汤才好。但是从来也没有过,尽管我已成家,但角色仍然未能改变过来。她还是操持的母亲,我还像未经世事的儿子。她每次来都是目的明确的,她担心她的儿子。天冷下来,她一次次打电话来,说垫被要换厚的了,说被子该晒一晒了。有时我推开房门,沙发上放着三双鞋垫,有时是一打干净的袜子。有时,卧室的飘窗上,凌乱的衣服一件一件都折叠齐整了,每一条折痕都线条清晰,棱角分明。母亲做这些事情是顶真的,一切都那么有板有眼,就像我面对自己的文字一样。还有时,洗衣台上会多出一个板刷,母亲说这个板刷柔,是用来洗棉质衣服的。母亲洗每件衣服都要花费很大的力气和很长的时间,再脏的衣服到她那里都会被洗得没有一点污渍。而我们却常常抱怨,说领子破了,袖口折了。我们有时也跟她说,这个料子不能刷的,这个材质只能轻轻搓。而事实上,母亲做得比我们专业多了,洗我的衣服,她总是小心翼翼,即便一件衬衣,她也觉得是金贵的。

母亲是一位典型的家庭妇女,不识字,无固定工作,命运多舛。我有时担忧,她的人生会不会因了没有一个固定目标而显得无望呢?直到今天我才明白,母亲做的一切都是她的事业,洗衣服,扫地,叠被子,扫除尘埃,把窗子擦亮……这都是母亲的事业。我成了她的儿子,我更是她一生的事业。我的幸福,就是她固不可撼的目标。

我站在窗前,凝视着母亲跨上那辆旧自行车,凝视着她穿着蓝布褂的背影在黄昏的暮色里渐渐远去,我的心充盈了一股暖流。

母爱的温习

遇到一个技术难题,体检结果一出来,自己在承受一种从未有过的压力,但同时又有一个矛盾生出来:要不要把坏消息在第一时间告诉母亲?如何启齿?第一天,我还若无其事地去她那里吃饭。她给我做糯米圆子,这种食物从生活常识来判断是不适合给病人吃的,但为了不让母亲起疑,我还是平静地吃完,然后告辞。然而我并没有摆脱最初那个问题:如何向母亲开口,告诉她这样的坏消息。

到了第三天,我跟妹妹商量由她来说还是由我来说这事,因为接下来我得马上去杭州住院,需要母亲随行照顾。

尽管有种种的顾虑与不安,担心母亲会在儿子生病的消息面前承受不住,但显然没有更好的办法。当然,那一刻我也忘记了在厄运和生活的责难面前,母亲其实又是最坚韧的,在儿子遭遇风雨的时刻,她一定会挡在前面,在儿子摔倒而没有重新站起来之前,她一定不会倒下。

母亲开始了她病床前的守护,我们都知道,人长大的过程是远离母亲的过程,俨然我们身强力壮,身后的母亲只是在渐渐变老。

辑二　情意如酒

隔十天半月地记起来,到母亲身旁去吃个饭,也就算是接近了母亲。但一场病,却让时光倒转,让母亲那么近那么近地守在我身旁,让我再一次须臾离不了她。

　　她用调羹把粥一小口一小口送到我嘴边,我吃了几口就会停下来,她赶紧拿筷子夹一点我爱吃的小菜送进我嘴里,然后用纸巾擦一下我嘴边的残粥。她小心翼翼又一丝不苟地为我擦身体,每一次都像一个神父在给婴儿洗礼。我没有羞耻心,只有深深的不安。她一次次努力地将我从病床上扶起来,我能感觉到儿时似曾相识的气息。

　　母亲开始了她的守候,她夜以继日地陪伴在病床前,从术前准备到术后恢复的两个多星期里,几乎都是母亲在陪伴我。这家医院我们所在病区的住院条件极差,八个人一间的病房,每张床之间用布帘隔开。每个患者及家属可占用的资源仅是一张两尺宽的病床、一个床头柜、一张方凳。入夜后,院方租给陪护家属一张极简易的藤编躺椅,但说是躺椅,其实根本没法容一个人躺平。母亲便在躺椅上铺半条被子,再将方凳放倒,在上面铺一块硬板纸,用来搁脚。其实根本无法入睡,除了病房里人们发出的各种声响,她还得顾及她的儿子,一个晚上,她常常要起来好些次,给我盖被子,怕我的脚露在外面,怕我着凉。但那些夜晚我往往被病房里的燥热和身体的虚弱折磨得汗流浃背,母亲又起来,用温开水帮我擦身体。最繁杂的程序是中途起夜去卫生间,她首先得把自己的简易床铺全部挪到公共地带,以为我腾出下床走路的空隙。然后,她慢慢摸索到病床那头,找到一个手柄,把我的床摇起来,为了避免弄出太大声响惊扰其他病人，母亲得竭力控制自己的力度。接着她走过来，将我从病床上扶起，支撑着我走到卫生间去，再从背后扶住我。回来后，她先将我扶上床，将床摇下来，再蹑手蹑脚地从公共过道上把那张藤椅连同方凳搬回来，自己再慢慢躺回去休息。一天连着一天，一夜连着一夜，其他人要换下母亲，但她拒绝了，说她能睡着。其实她是不放心，谁都没有她那么警醒，谁都会因为疲惫而睡过头，只有她不会。

出院之后，我回家静养。术后创口还没愈合，身体还很虚弱，母亲天天守在我身旁，给我熬粥、煮饭、煎药、烧点心、倒水、泡脚……她做的是最日常的照顾，但正是这事无巨细的日常的守护，让我渐渐缓过劲来。

她变得十分敏感与周至。我一在房间里走动，她就过来扶，她的胳膊挽住了我的胳膊；我走到凳子前坐下，她已快速地把一个软的坐垫放在那凳子上面；我要躺下，她一定怀抱一个大靠垫把它搁在我背后；我坐定了，她绝不让我面前的水杯空着，医生叮嘱过要多喝水。母亲已上了年纪，动作大不如年轻时敏捷，但这些日子，她成了我的影子，又仿佛我是她身上的发条，我一动，她就跟着旋转起来。

她开始详尽地调控我的饮食，每天下午煮各样的点心给我吃。有一段时间，一直是红枣汤，后来，因为隔壁邻居的一句话，又令她忧心忡忡。邻居说红枣性温，是主热的食物，对伤口恢复并不好，这句话让母亲自责了好几天。她越发细致地考虑每天要买的菜，尽管可供选择的余地那么小，但一碟看似最简单的菜里，母亲也动用了

辑二　情意如酒

她的心思,她刀工细腻,火候的掌握往往过于用心而有失偏颇……她偶尔外出,会事先将我要吃的水果洗净,放到一个碗里。那些我一个人的下午,我会看到母亲放在碗里的一个苹果,它在室内柔和的光线里散发着一种说不出的暖意,它又像一盏灯,许多东西都被这无处不在的爱照亮了。

母亲每天晚上等我泡好脚后,再回自己家去。天气渐冷,想着母亲踏着满地夜色回家,我心里都有说不出的愧疚。这日复一日里,她独自骑着单车穿过夜晚的风声,或者独自撑着伞走过雨夜的街道,路灯的光那么微弱,路上的行人渐渐稀疏,她都在想些什么呢?

每个清晨,我从睡梦里醒来,秋天的晨光从窗帘的缝隙里透进来,我躺在床上,能够听到钥匙插进门锁发出"咔"的一声响,母亲来了,一个新的日子又开始了。

祖 父

　　祖父的手很大,掌上有厚的茧,当我把手放在上面,总感觉到一种舒服和踏实,那里传出朴素的温暖。孩提时的我,很多次被祖父用这样的手抱起。祖父的脸总是红扑扑的,额上有皱纹,但皱纹间是光滑的,在炉火下放出油亮的光,这样的脸色让我们感觉到祖父的慈祥和健康。

　　确实在记忆里,祖父几乎从不生病。祖父是一个不知疲倦的人,从不歇着。晴天,他荷着锄头一早出门了;雨天,他穿起蓑衣,戴上斗笠,还是往地里去。农忙时节,他就不回家里吃午饭了。由祖母把做好的小麦饼装进饭盒里给他送去,祖父就在田边用午饭。那是祖父的闲暇时光,也是我们的快乐时刻。尽管夏日的晌午,太阳当空照着,奔跑着的风都有点迟疑了,但祖父总算可以坐下来,在一棵并不茂盛的树的树荫下,或者一丛很高的草旁边。我喜欢看着祖父坐在田埂边进食,那样子令人心生喜悦。他手里拿着一个很大的麦饼,一大口一大口咬下去。他会掰一块给我,我照例把里面的馅吃掉,再把外面的硬圈递给他,他能把我不喜欢的硬圈也吃出味道来。祖父的黄牛就在不远处吃草,鼻子里喷吐着热气。祖父把牛唤过来,掰下来一大块麦饼,喂给它吃。牛舔舔祖父的手,把那块麦饼吃进去,祖父安静地看着它,什么话都不说。

祖父好酒,但从不放开来饮。每天中午和晚上都是一小碗家酿的黄酒,祖父从不喝醉。酒之于他是很好的享受,他喝得并不拖沓,只是有一种缓和的节奏,慢慢地将面前的一小碗饮尽。有时他会端着碗,让我尝一口。离开故乡后的几年,我们住的小平房隔壁有个邻居,老头也好酒。他喝的是白干,倒上一小杯,每次都抿那么极细的一小口,然后夹一筷菜,不断地嚼啊嚼,都能在嘴角嚼出白沫来,然后再抿极细的一小口。他喝酒的那种姿态,能让不喝酒的人活活给急死。老头的白干常常喝到不肯停下的地步,不分时间,不分次数,因此他常常喝着喝着便钻到桌底下不省人事了。老头有高血压,老太太便经常来叫父亲,父亲将他从桌子底下拖出,打针灌药,才能将老头的酒毒给解了。

那样的时候,我常常想起祖父,我觉得祖父的酒品真好。祖父是我见过的少数很喜欢酒而从不喝醉的人。酒对于他来说是一种饭前的有节制的享受,这样喝下去的酒也似乎成了某种滋补,让祖父的脸上总是放着亲切的红光。

祖母是个小脚女人,基本不过问柴米油盐外的事。据说家中的一应大事都是祖父包揽的。母亲告诉我,祖父在家里有着绝对威信,他在许多事情上说一不二。包括几个儿媳妇的人选,都是祖父托媒人介绍,然后他自己去打个照面,觉得面相看上去健康和善,就拍板给定了。有几个儿子心里颇为不满,但最后都服从了祖父的决定。

祖父有时又是颇为开明的人,他一辈子跟锄头和田地打交道,对知识却有格外的崇尚,纸、笔、文字都是祖父很敬畏的东西。他有五儿一女,我的父辈们无一遗漏全都进过学堂。祖父说,只要还有办法,就该让他们多识点字。高中毕业,打了两年工的小叔有一天又想重返学校,复读后重新高考。这对于没多少收入的祖父显然是一个不轻松的决定。但祖父支持儿子的理想。第二日,祖父特意挑了一件没有补丁的对襟短褂穿上,卷起一个包袱,就进县城去了,他要在县城乘车去更远的地委所在地。祖父沉思一夜,想到唯一可帮上忙的人。我们那个小村庄里,有一个人在地委里做官,祖父不知道他做什么官,但他确乎是唯一的一个官了。祖父顺着这个线头找去,当然不可能如他在自己的地里顺藤摸瓜那般熟练轻松。祖父在熙熙攘攘的街头穿梭,一路走,一路问。祖父很少进县城,更少走到这个地委所在的大地方,但他坚信路在嘴上,即便在城里他也保持了不卑不亢。祖父找到了我们村那个唯一在城市里的"官"。祖父是满怀希望去投靠他的,官见到祖父包袱里的一大袋笋干,并没有他乡遇故知的亲切。很多年后,祖父时常模仿当时官的口吻,把官对他说过的话跟我们重复了一遍又一遍。他说:"你们那个小村庄,还想出个大学生?你们没那福气啊。"祖父很生气,说,我还真不信这个邪!没了他,我们村的人都不读书了?祖父后来还是辗转找到了一位在机关里谋职的乡亲,那乡亲二话没说就在县中学帮小叔联系了复读的事。后来小叔如愿,考进了大学,成了村里第一位大学生。祖父一直没忘记那个官说的话,他又说给了我们这一辈的孩子听。

　　老家四面环山，有段时间，生产队里的树经常被盗。上好的松柏、高大的云杉，一棵一棵被其他村庄的人伐倒偷走。生产小队便成立了巡逻队，定期上山护树。有一天祖父巡山，他远远听到了砍树声，端着猎枪循声而去，近前一看，果然是个盗树的。祖父端起猎枪，瞄准伐木者的小腿，此时，对方可能听到了响动，回转身来。他居然认出了祖父，大喊，大舅子，我是你亲戚啊。祖父虎着脸，啪地扣动了扳机，猎枪的子弹精准地打在了亲戚的小腿上。

　　后来，亲戚跟祖父见上了面，甚是愤懑。他说可气的是，我都叫你大舅子了，你居然还开枪。祖父不以为然，理直气壮：你当我是大舅子，你还来砍我们村的树？

　　祖父相信幸福来自劳动，相信自然的法则，从不投机取巧。他对生活的理解，跟他对粮食作物的理解是一致的。祖父不认得一个字，但他有自己的哲学，他一定在我的童年时代告诉过我许多简单而又真切的道理。可惜那时我听不懂，可惜，我想听的时候，祖父已不在了。

石头下面的一颗心

多年来一直为一个简单的句子感动：石头下面的一颗心。不知道具体出自何处，大概是雨果的手笔吧。很早的一天，在一本泛黄的书上，雨果的名字和这样一个句子穿过尘埃，直接进入我的心灵。

我的感动来自何处？显然不是一块石头，也不是一颗心，而是两个词语的特定组合，冰冷的石头包藏着一颗柔软的心。干冷和温软，生硬和灵动，两种截然相反的事物，它们的相遇打动了我。我喜欢这句简朴又不失诗意的句子，它总能使我想起那些生命里闪现过的朴素的光芒。

母亲是一个不太会表情达意的人，什么事都是冷冷淡淡的，这有点像她父亲。我很小的时候，一家人还住在一个小山村里。外公会隔些时日来我家一趟，他要独自走过一段长长的山路，默默地走到我们家。他来我家，其实是想我们了。他的生活清苦而寂寞，有了困苦无处诉说，就会想起来我家。但他并不说什么，每次都是静静坐着，也许他觉得这样坐一会儿便很好。母亲会照例煮一大碗面给他。他看见我和妹妹总不会像爷爷那样咧开嘴,生动而骄傲地笑起来,也不会拉着我们的手问长问短,更不会把我抱到膝上,挠我的痒痒……我一直觉得那是一个没有味道的老头。但有一点例外,那些日子,外公来我家时,他的衣袋里总会藏着两个月饼。他用一块洗得发白的手帕将两个月饼藏在最贴身的地方。每次,他都小心翼翼打开手帕,掏出月饼,然后分别递给我和妹妹,照例没有什么语言,也没有生动的表情。在我们的童年里,他一直都在重复着那样的动作。以至几十年过去了,外公已与世长辞,我依然记得他的那个动作,记得他把手伸进衣袋,从中掏出手帕包裹的月饼。也有时候,他将月饼搁在桌上,看见那裸露的月饼,我就知道外公来过了,心里照例没有什么感觉。

直到去年冬天,外公病重,又身无分文,在艰难的生计里挣扎。母亲和妹妹赶去探望,山水远隔,妹妹发短信给我:"我在医院门口看见了老外公,他无助地蹲在街头,正喝着一碗从别人家里要来的水。我想起了小时候的番薯干和水煮蛋,真是辛酸。"看到这些,我感到泪水在眼眶里打转。我想起了我们偶尔回乡探亲,老外公无以招待,那两样精心准备的东西就代表他最深的心意了。外婆死得早,所有家务都落在了外公身上,也包括为一家人准备过年的零食。他总在春节临近时挑选出最好的番薯,做出全村最好的番薯干。将番薯去皮、晒干、切片、炒熟,这些活在别家都是女人干的,只有外公例外,他用种地的手独自摸索。每回我们离开家乡,临行前,外公总要用清水将积攒多日的鸡蛋洗净,悉数煮熟,轻轻地说:"路上可以吃,路上可以吃。"他从不会过多言语,只是很坚决地将一枚枚煮熟的鸡蛋一股脑儿塞到我们包里。

这世界有许多华丽的表达，最终留在时间深处的却是朴素的光芒。朴素的情感有着一种深入人心的力量，可以不必张扬，却能够抵达内心。突然记起作家叶兆言讲过的一对西方父子的故事。儿子常听到别的父亲对自己孩子说"我爱你"，可一直到他二十岁，都从来没听到过自己的父亲说"我爱你"。有一天，在自己房间里，他突然有一种冲动逼着父亲说出那三个字。可父亲却无法启齿，想推门而去。儿子固执地挡住了门，反复追问：你就不能对我说一句"我爱你"吗？父亲经不住他一次次催促，于是决定说了，第一次只是张了张口，什么声音也没发出来。第二次憋足了劲，涨红了脸，终于说出了：我……爱……"你"字拖了好长时间都没能说出来，眼泪却随之泉涌而出。那一刻，儿子愣住了，才明白平日里从不言语的父亲心里藏着怎样的深爱。

石头下面的一颗心。我喜欢这样的句子。我相信朴素的力量。石头的前生是从地火里熔炼出来的岩浆，它收藏了那么多热情。今生里即便冷却了所有记忆，但内心深藏着永远不灭的火热。这样的情感是恒久的。

我一直记着巴金老先生被人刻在母校石头上的那句火热而朴实的话：把你的心掏出来。把石头的心掏出来，是不是有着比珠玉更温润的光芒和深情？

一块银元

  母亲有一块银元,是出嫁时老外公给的。老外公一生清贫,并没任何积蓄。这一块银元是他所能送给待嫁女儿的最贵重的礼物。

  母亲很看重这块银元,用红布包了,再用一个布袋子装起来,然后压到老木箱的箱底。我和妹妹不屑,我们说这又不是什么文物,如果按照银子现价折合成人民币,那是个多小的数字啊。母亲说你们不会懂的,银元是个好东西,银元是有大作用的。母亲便跟我们讲关于这块银元的故事。

  母亲说这块银元在你们小的时候可是派过大用场的,她这么说时,仿佛这块银元是一个功臣。小孩子常会受到惊吓,大人就将银元压在草药里,和草药一道煎起来,让小孩将药汤喝下,一帖两帖后,孩子的惊吓就消了,睡觉时也不会用手压着胸口,不安地一阵一阵颤抖了。

  母亲就常常将银元压在草药里煎了汤给我们服。但母亲说因了这样,那块银元差一点没了。有一个冬夜,她去倒药渣,天寒风大,她将药渣往家门前的路口一泼,就退了回来。第二天清晨才想起昨晚一时心急,将那块银元和药渣一起泼掉了,赶紧起床去倒药的地方找,但那里空余一堆药渣。母亲和父亲都很着急,俨然丢了一件宝物。他们到处打听,昨晚有谁经过我家门前那条青石路。这个过程曲折而漫长,不亚于警察们的层层排查,最后目标缩小到一个人。同院的邻居告诉父亲,那个寒冷的冬夜,前村的钱宏搓好麻将后倒是从这条路上走过。父母觉得这是个重要的线索。钱宏是我父亲的朋友,和父亲还算得上有那么点远亲关系,事实上我们那个小村里所有的男人都是远亲关系,因为全村的人都姓徐,除了一个上门女婿。父亲觉得如果钱宏捡到这块银元,是有还回来的希望的。但父亲第一次去找他,他却矢口否认了,说那晚是从我们家门前走过,但那么黑的天啥也没看见。父亲再问,他话里就有了不耐烦,说我明明没有捡到,总不能买一块银元给你吧。父亲只好起身告辞。但就是那句话,就是那份急于为自己开脱的焦灼的神情,让父母坚定了自己的推测,他们觉得一定是钱宏捡到了这块银元。

　　第二次,父亲再去,买了一盒糕点两瓶酒。这一次,钱宏不但没领情,干脆拉下脸来,他说明明没捡到,你来要个什么东西!父亲只好怏怏地回来,到了这一步,看来这块银元就没有了,像泼出去的水。泼出去的水你还能收回来?但半个月后,事情硬是有了转机,钱宏的老父亲找上门来。钱宏的老父亲是个小老头,经营着小村里的一片小店。钱宏的老父亲也是我父亲的朋友,而且和我父亲颇有交情,父亲曾经多次帮他诊病。他一进家门就叫我父母放心,这块银元如果是他家儿子捡去的,他一定让他交出来。"人连这点情意都没了,那怎么好!"小老头走的时候一脸激动地撂下这句话。

奇迹就这么来了，几天后，钱宏的老父亲将一块银元交还到我母亲手中，顺手带来的还有父亲那天拎去的那一盒糕点两瓶酒。后来母亲听说，老头子好说歹说，并从自己怀里掏出一块银元，钱宏才将那块捡去的银元交了出来。

银元失而复得，就更有些珍贵的理由了。办很多大事情，父母亲都会带上这块银元。外公家造新屋，上梁前要祭祀，除了奉上猪头、猪蹄等一应祭品，老人说最好能添一块银元，大概是一块银器能增加祭品的分量。父亲就将那块银元带上了。祭祀仪式结束了就是上梁。父亲一天都在忙前忙后，他顺手将银元装在了衬衣的口袋里，当晚他回自己家去喂猪，母亲还留在外公家帮忙。第二天父亲早早出现在外公家，说银元找不着了，昨天是装在衬衣口袋里的，一大早起来，一摸口袋什么都没有。

他们就在外公家刚刚建起的新屋内外不停找，父亲足迹到过的地方全翻了个遍，甚至床底下、灶膛前、柴垛边都找了，没有，还是没有。父亲和母亲都无比沮丧，母亲说要是昨天不带这块银元来就不会丢了，出门前她倒跟父亲说要不别带去了，万一……母亲还说早知道这样，还不如当初就别找回来了，现在还欠着钱宏爹一份人情呢。

有那么好几天，父亲和母亲都在为这块丢失的银元黯然神伤。大概是第三天吧，母亲去喂猪，拎着一个水桶去猪圈旁的食槽里舀猪食。她翻开正慢慢发酵的红薯藤叶，舀了一大勺往桶里放。这时候她眼前一亮，一块银元！母亲赶紧拾起来，不就是那块父亲丢了的银元吗？

银元是在父亲舀猪食的时候滑进了猪圈旁的食槽。

银元再次回来了……许多年后,我将这块银元拿在手里细看,正面写着"中华民国三年",这行字下面是袁世凯光着大脑袋的侧身相。有了母亲口中的故事,这个脑袋光光的人也多了几分可爱。

四个人的十年

如果时间具体到一台老式挂钟,那么现在让我们往前面拨,大致应该让它停在 1999 年 9 月 1 日上午 7∶30 左右,不能再拨到前面了,也不能太晚。得恰恰在那个刻度上,那是我们相逢的时刻。

那年我初上讲台,接手生命里第一届学生。尽管我带着理想幻灭的心境站上小学讲台,但初为人师的心情有如初为人父,还是有许多无法言说的神圣。

在九月的晨光里,我迎接全班的孩子,他们一个个急匆匆赶来,鼻尖上冒着汗,小小的身体散发着太阳般暖烘烘的气息。据说那天我穿着白色的衬衫,20 岁那会儿我喜欢白衬衫。

我印象中有三个小孩。作为小学生的李超应该来得比较早的,他那会儿是一个看起来很明朗的小男生,额头高高的,笑容挂在脸上,笑起来眉毛很弯,喜欢踩着老师的脚跟问很多问题。而雨雨,进来时,我的直觉是这小女孩眼睛真大,整个人看上去有种与众不同的洁净。其他小孩都坐好了,她不知道该坐哪里,我就让她在讲台旁站一站,我帮她在教室搜索一个空位子。那么干子呢?尽管现在她一直对自己并不算超标的体重耿耿于怀，但那会儿她是可以用苗条来形容的，是的，她是一个蛮小巧的女孩，额头光光的，往后梳一条独角辫，嘴巴很小，真的很小，让我想起"樱桃小嘴"这个词。

这就是初次见面，我不知道十年之后，他们还能记起多少？但用一个笼统的表述，那一年：他们12岁，五年级，我早于他们8年来到这个世界。

在那个小而逼仄的学校里，我将第一届学生带到毕业。其实我觉得那两年也耗完了我一生中全部的教育热情。在后来的教师生涯中，我目睹了教育太多的劣迹，我也不得不悲哀地顺应潮流，像一个罐头厂的工人，只负责把产品装进去，封口。我所服务的单位教会了我像一个手法娴熟的操作工。我很冷静，不再轻易动用感情，尽管现在，我仍然是一个"热情洋溢"的人。

确实我往后的人生里，从来没有像那两年一样对自己课堂上的孩子们保有那么多热情和爱。我觉得他们是有生命的作品，我呢？则是心灵的雕刻师，所以小心翼翼，专心致志，一开始就怀藏耐心和希冀，一开始就心思曲折，无比珍视。

这是我对那一届学生的情感体认，两年是很短暂的，他们很快离开，像巢中乳燕，扑棱翅膀，头也不回地飞离了小小的屋檐。像这世上所有的师生关系一样，一个老师最终留在学生心里的只能是一抹粗浅的温暖，像旧照片里的一抹光亮。学生不会细化到记起你当初的一言一行、一举一动，那样的影响可能是教育的最好境界，但我们做不到。有些事情是需要缘分的，老师和学生的缘分，你别致的用心，是否能顺利抵达他们的心灵呢？

辑二　情意如酒

两年后，三年后，更多的学生都淡忘了，这是符合常态的，他们有自己的路，而老师又留在原地迎接另外一批学生。两年只是一个过程，像我们旅行中的一个临时车站，一辆随意跳上去的车。很少有学生会在心里腾出一个位子给老师坐，世界太精彩了，老师充其量只是一个台阶。跨过去，跨过去，即便走到巅峰，有谁会俯下身去亲吻台阶？

但很多时候，故事、情意还有可纪念的岁月都存在于那么多漠然的常态外。就有三个孩子，他们一直没有走出我的视线，当然同样的，我也一直没有退出他们回首的那个距离。可以这么说吧，我们各自前行，走过很多路，遇见很多人，十年间，很多陌生人成为熟人，很多熟人成为陌生人，无数面孔都在转换。最终，在回望里，有四个人是不变的，这就是三个孩子和我的故事，也可以说是三位学生和一位老师的故事。

什么样的关系是稳定的呢？什么样的人又可以长久牵挂呢？我想我们得越过世俗的目光和声音来谈论这一切。四个人，当他们让彼此在心中以一个固定的位子站定，站成一棵三月的水杉，或者五月的丁香，这样，无论春去冬来，我们都保有了一片绿荫。

这么着说吧，在各自前行的路上，我们从来没有失去最初的光照。这已经不仅仅是那些老套的师生间的故事了，我们是老朋友吧？我们有前世的缘？其实类似于这样的定义也并不恰当。那我们就不去定义，定义是狭隘的，而我们，四个人，四颗心组合起来却是一个小小的星空，是一片蛮大的森林，我不想急切地去定义。

我又不得不往回看，这是一个不同寻常的十年，三个孩子从12

岁到22岁，而我则从20岁到30岁。这是一个不同寻常的跨越，十年时间，孩子们用来成长，从幼稚渐渐懂事，从懂事走向成熟，而我则从年少青春走向生命的沉潜。这也是一段跟成长和蜕变有关的故事。我看着他们从小小的孩子长成挺拔的大人，我也看着他们从一个稚气的小学生成长为可以和我对话的大学生。他们是否知道，在一路走去的时候，我曾很多次为他们担心过，毕竟生活有那么多歧路，路上有那么多泥泞，我希望他们到达的是人生的开阔地。

我能做的是什么呢？在他们迷离的青春期，在他们人生的一个又一个路口。我先他们经历这一切，其实这会儿，我变换了自己的位子，并不是坐在原地，看着他们的背影。我是在前方，看着他们一步一步走过来，从初中到高中，从青春期的懵懂到心智一点点成长。这一切早就超出了知识传授的范畴。那会儿，我成了更加具体的事物，是一根手杖，路口的一个指示标记，深夜里的路灯，一个热线电话的接线员，一个被咨询者，长辈，谈心和聊天的笔友……我不能说教，我不能拿着书和一张张复习提纲，把人生的道理变为习题和要义给他们，我甚至不动声色。这一点他们一定不会完全知道，十年来，我也是第一次将这点暗藏的心思剥离出来，放到纸上。路是自己走的，我更多的是期待。我的期待像风筝的线，却没有踪影，不着痕迹，但它又真的在那里，让我觉得自己的目光常常被三个孩子紧紧拽着。

我在三个孩子中考前给每个人打电话，高考后，和李超、干子一起趴在桌上填志愿。我不厌其烦地为干子讲解大学和学院的区别。我在深夜放下工作，接到李超激动的电话，他说他恋爱了，今晚第一次牵了女孩的手。尽管远隔五六百里，我还是感受到了电波那头的剧烈心跳。我心里想说,此时的恋爱不长久的,你会分手的。话到嘴边就变成了:恋爱是幸福的,不过它不是全部,你不能让它主导生活,大学重在改变自己。

好在他们都走向了一片开阔的境地,懂得善良,富有责任,寻求内心的富足。我的期待没有落空。他们都在成为最幸福的自己,这是我能想到的最好的结局。

现在,2009年的夏天。孩子们发来短信:老师,我们四个人已经好久没聚了,我们得好好聊聊了。是的,现在,三个孩子,确切地说不是孩子了,他们坐在我家客厅的沙发上,沙发都有点挤了。他们和我天南地北地聊,我常常是静静地听,平视他们的脸,微笑地看着他们。这一刻,我们闲聊,也对话。真的不错,一下子多出三个可以高谈阔论的人了。

每年春节,每年暑假,我们都会有一次短暂相逢。我会提前将家里收拾一下,备下茶和水果,像等待多年不见的亲人。

照例由我请客吃饭,有时在小餐馆,有时吃自助餐,有时就亲自下厨,尽管我手艺笨拙。我备下很多菜,都被他们当仁不让一扫而光,他们自己跑到厨房去继续加菜,大白菜,鸡蛋鸭蛋,这些存货都用上了,端上来大家再次一扫而光。他们不客气,也不用跟我客气。我把自己都舍不得喝的红酒打开,他们并不知道这小小的秘密。我们并不善饮,但大家还是会很高兴地将一瓶酒喝光,并不是喜欢酒,只是觉得相聚是需要酒的,就像节日的夜空需要焰火,春天的田野需要繁花。

这样的聚会持续了十年。往后,还会继续下去。

时间是一个魔方，它总在拆散和重组，不断打破原先的结构。但终究有些东西是不变的，那些扎根于心的植物，它们一直在慢慢成长。人与人的关系是不能预设的，但我还是想祈祷，很多年后，每个人都在心里小心翼翼地保有这份情意，像保存一件古老的银器，在往后的许多个夜晚，都会悄悄地将它拿出来，捧在怀里默默擦拭，让它一直闪烁出银子的光芒。

一对鸽子的情意

感动我的是一对鸽子。

主人在破落的宅院里养了七八只鸽子。显然,一只灰色羽毛的雄鸽和一只白色羽毛的母鸽相爱了,否则它们不会每天相约着飞出去又相携着飞回来。经过一段时间后,两只鸽子的情意深了,它们开始将细小的草茎一点一点衔回来,在院子屋檐下的墙角里筑巢为家。可能是想为自己打造一个新房吧?在这一点上,鸟和人是一样的,情意的最终归宿就是营建一个家,遮风挡雨,拥抱着温情。它们不辞劳苦地努力着,一根又一根把草带回来,这总使我想起我们的戏曲里"你耕田来我织布,我挑水来你浇园"那样的句子和那种古老的温情,没想到的是连鸟儿也懂,并且它们的表达更加朴素而实在。

巢筑好后,又过了些时日,母鸽生下了几枚蛋,它们安静地躺在巢里,玲珑剔透,甚是惹人怜爱。当然比人更怜爱它们的是两只鸽子。我不知道鸽子的想法,但它们真的开始与从前大相径庭了,不再一天到晚往外飞,不再整日玩得没了踪影。它们围绕着蛋不时端详，显然，心里有说不出的欢喜了，千万别以为只有人才对自己孩子的到来郑重其事，充满无尽企盼。面对新生命的来临，面对自己的孩子，鸟儿的表达丝毫不比人逊色。

雄鸽和母鸽开始孵它们的蛋了，那么一丝不苟，兢兢业业。两只鸽子轮流着孵那几个鸽蛋，它们把蛋小心翼翼地放在身下，让它们一直处在身体温暖的包围中，生怕冻着也生怕被别的生灵惊扰了。在孵蛋的事情上，母鸽和雄鸽充分地显示了它们富有情味的相怜相惜。它们不像鸡那样，孵蛋的重任永远交给老母鸡，而公鸡却照例外出溜达，照例风流潇洒。雄鸽和母鸽是交替着孵蛋的，也就是说一只鸽子累了或饿了，另一只鸽子就会过来替换，让对方去休息或飞出去找些食物吃；另一只鸽子累了，恢复体力之后的那只鸽子再接上。这样循环交替，让自己的体温始终包围着那几只令它们倍加怜爱的鸽蛋。我觉得这样交替的孵蛋方式真温情，孩子本来就是两个人的，鸽子似乎懂得该一起承担这种孕育的辛劳，如果人类也可以借鉴就绝好不过了。

但悲剧发生了，因为人，有人的地方总容易有更多悲剧。

一天早晨，母鸽将孵蛋的灰鸽从巢里替换了下来，灰鸽就飞出去觅食了，母鸽专注地蹲在自己的巢里等灰鸽回来。但是，到中午，到傍晚，到黄昏，到那个飘着小雨的夜晚，灰鸽却没有回来。

主人说灰鸽回不来了，一定是落入了人的手中，被人吃掉了，这样的事情发生过好些次了。

真是不幸，灰鸽再也回不来了。以前它从不这样的，顶多飞出去几个时辰，一定是要准时赶回来的，但这次灰鸽失约了。白鸽一定是着急了，一定的。它独自孵了一整天的蛋，滴水未沾，粒米未进。但它并没有放弃自己的耐心，它不能对它的孩子失约，在它的脸上看不出慌乱，也看不出痛苦，它还是那么专注地护着身下的几枚蛋。

第二天，白鸽没有从自己的巢起来，它一动不动地守着身下的鸽子蛋，没有谁再来和它替换着完成这生命的孕育了。

第三天，主人将米粒撒在离巢不远的地上，白鸽视而不见，照例守着自己的巢，寸步不离。

第四天，原本胖嘟嘟的母鸽比先前瘦了好几圈，它的羽毛变得蓬松，胸骨也顶了出来。但它仍没离开那个巢半步，它的目光里闪动着不为人知的忧伤和坚韧。

第五天……

第六天，直到我写这篇文章，鸽子越来越瘦，但它仍然守护着身下的那些蛋，一切都没有结束。

看见角落里那只孵蛋的鸽子，我远远避开了。我怕自己再次遇到它的目光时，一定会泪水滂沱的。

土豆记事

我说的土豆不是植物,是我们家养的那只狗。

在土豆来之前,我们家没有养过狗。去年夏天,一只小狗的到来,让我们简单而寂静的生活多了些色彩。

土豆来的时候还是一只刚学会走路的小狗,它有着一身淡黄的绒毛,乌黑的眼睛怯生生地看着我们。

没几天,土豆学会淘气了。像三四岁大小的孩子一样,它在房间里又撞又跑,把鞋架上一双又一双摆放齐整的鞋子都搬出来,丢得满地都是;或者把墙角边的木板一点一点地咬破,弄出许多个大小不一的窟窿来。这时,母亲只好拿出木棒来佯装着要给它做规矩。但每当你要打它的时候,它便一动不动地看着你,耷拉着耳朵,夹着尾巴,那样子无辜而又可怜,所以拿在母亲手里的木棒便不会常有打下去的机会。

当然,刚来的土豆也有真正挨打的时候,那就是它野性未驯在家里随地便溺,这时母亲是绝对不会手软的。每次小土豆在房间的角落里留下一摊水时,我们总会严厉地喊它的名字。没走到那一汪水跟前,它就已经开始情绪低落了:低着头,蜷着耳朵,一副知错就改的模样。尽管这样,它还是少不了一顿打,严厉的方式对一条狗同样有效。两个星期后,土豆就不在家里随地便溺了,有时深更半夜房门紧闭,赶上它内急,就会听到它顺着楼梯一路走到父母房门前,然后用前爪使劲抓门,弄出很大的响动来,父母亲便只好半夜起来给它开方便之门。

到今年春天,土豆已经出落成大狗的模样了,不再追着我的脚后跟咬鞋子,也不再拿着桌腿磨牙齿。它陷入了一场疯狂的爱情。追求土豆的是一只白色的狗,长着洁白的毛,英俊而潇洒的样子。土豆的爱情一开始是受到我们坚决阻挠的,我们担心土豆会生出一大堆儿女。可是白狗一天又一天地到我家门口张望,被拴在链子上的土豆也一天又一天朝门口的路边张望……一个傍晚,我又看见了白狗的身影,它趴在离我家门口六七米远的路上,保持着可以躲避我们而又能够看见它心仪的爱人的距离。后来我们将门关上了。令人震惊的是,第二日早上母亲去开门,发现那只白狗还纹丝不动地趴在原地,面朝着我家的方向,身体上全是湿漉漉的露水。我着实为那只狗的执着吃了一惊,土豆大概也被它的执着打动了吧?反正我们一说"白狗来了",土豆就会飞快地往家门口跑,朝路上张望。

后来,土豆怀上了白狗的孩子,到得八月,在阵痛中产下五只小狗。小狗们成天追着它吃奶,那段时间是土豆最憔悴的时日,它的身体明显地消瘦下去,原本撑得鼓鼓囊囊的肚皮现在成了一个被掏空的布袋。身上的毛也大把大把直往下掉。

成了母亲的土豆比以往沉稳了许多，连看人的眼神也变得沉静了。由于我们无法养活那么多嗷嗷待哺的小生命，土豆的儿女们在它不知不觉间都被送给了别人家。我们只是挑了一个大的留了下来，取名豆芽。往后土豆就跟豆芽打闹着度过了两个月的好时光。在打闹的时候我看见了它的童心未泯，不过一旦进食，土豆是从不跟豆芽抢吃骨头的，我看见了它作为母亲的舐犊之情。最后，还是因为食物问题，豆芽也送给了别人家，想到那户人家是要豆芽去管西瓜地的，我心里有种说不出的难过。不知道土豆是否明白真相？反正那天它跟着带豆芽离去的自行车，远远地跑了很多很多的路。反正回来之后的好几天里它都魂不守舍地不断在角角落落里翻找，然后独自静默着，茶饭不思，黯然神伤。从这件事情上我看到了人的残忍，一只狗的母亲是无法选择孩子的命运的，土豆也一样，但它们却无法不表露悲伤。

　　关于土豆的故事还在时间里继续，一只叫土豆的狗偶然地走进我们的生活，它便成了日子的一部分，成了我们家的一员。好多时刻，我一直感动于每个傍晚推开房门时，土豆热情无比的欢迎方式，在它的目光里我能读到一个朋友最真实的忠诚。

辑三

自然如友

自然的馈赠

从前,我们离自然很近,近到推窗就能见到山,伸手就能触到一条青藤柔嫩的臂弯;近到打开门,一脚就踏进春天或夏天的庭院。每个季节都会有花盛开,不知疲倦,也从不懈怠。一只知更鸟躲在桃树青绿的枝上欢快鸣叫,一群鸡鸭悠闲踱步。

夜晚,我们躺在木床上,就听到潺潺溪水声,响亮、欢畅。我们不用去剧院不用就着音响,耳朵里全是天籁。忙碌一整天的人将身体打开,水声适时进入耳朵,仿佛要洗却一天的尘土和劳顿。那是自然亲切的鼾声,但我们的耳朵不会觉得打扰,相反它是动人的催眠曲。

月亮就在檐上,拉开木板窗,就能望见,它是别人的,可仿佛又是为我独有的。有时它正羞涩地穿过一朵微云,有时它像一朵洁白的玉兰,清新地开在中天,有时它又轻描淡写地在西边的天幕画出一道嫩黄的眉毛。如果你躺下去,月光就从窗格子里倾泻进来,落在被子上,或落在木板上。清亮的月光,皎洁的月光,会在夜晚低吟的月光,丝绸和锦缎一样的月光,那么随意铺展在夜晚,这是自然送给我们的方巾。

清晨,霞光透出东山顶,千万缕金色的丝线从门缝里透进来,是谁的手要绣一件金缕衣?还有些阳光被板壁上一个暗色的树痂给挡住了,那个暗色的痂让阳光照得透亮了,就变成了一个神奇的红斑。我躺在床上,一个又一个数过去,一会儿将它想象成小红灯笼,一会儿将它想象成怪兽的红眼,那些清晨就像童话一样充满变幻的惊喜。

傍晚,夕阳下去,有时会留下晚霞作为馈赠。那是真正绚丽的晚霞,往后的日子再没出现过的晚霞。它们尽情变幻着神奇的脸,在一张张黄昏的信笺上落满好看的背景。

下雨了,雨落进春天的土壤里,土壤发出喜悦的□□声;雨落进清澈的溪水里,漾起涟漪;雨落到青碧的莲叶上,溅起晶莹的珍珠。青草更青,麦苗更葱茏,山泉奔突,像银色的箭。

初晴的雨后,叶上挂着晶亮的雨滴,清澈得像孩子闪动的眼睛。

起风了,风从后山的竹林里跑过来,留下一路清响;风从湖畔的苇丛里穿过去,留下一路摇曳的青影。风携带着夏天的清凉,走到我们的老木屋里,傍晚的暑热消散了,我们看着自己的衣袖在风里轻扬,看着路旁的芦苇在风里摇晃,看着屋顶上的炊烟在风里慢慢变成黄昏的薄雾。我们就想起了家里那一盏橘黄而简陋的灯,想起简单的晚饭的香味。

落雪了,我们也从来没有想过下雪是一件需要期待的事。雪确实像昔日的老友那么准时地出现在山村里。宁和的雪夜,我们躲在厚厚的被子里。我们会听到竹子折断的声音，但我们不会说"夜深知雪重，时闻折竹声"。我们只会在心里暗暗欢喜着，雪一定很大，一定很大。

我们的村庄就在树林中，树林就在我们的村庄里。多少树啊，红豆杉、栗子、桃、李、苦楝。我们那么富足：低矮的荆棘为我们奉献出柴火，高大的乔木为我们备好橡柱和栋梁，殷勤的果树适时捧出果实。我们从来都没有想过，水果是需要买的，春去秋来，只要伸出手去，就可以够到枝头的桃子李子。我们也从没想过生了病动不动就要跑去医院，家里的石墙上就有草药，院子里的砖缝中也有草药，有多少的病痛，就会有多少草药帮我们平复。

我们从自然的手里接过那么多馈赠：春天的芳草，秋天的白霜，枝头的绿荫，脚下柔软的泥土，以及泥土里饱满的种子。她总是那么不声不响地给，我们总是那么不声不响地接受。

我们在自然的怀里耕作和冥想，歌唱或写一首诗以表明自身的伟大，但自然从不嘲笑我们的自私和浅薄。她慷慨无比，几乎给出了自己的一切。

许多年后，坐在城市的角落里想起自然的馈赠，我口袋空空，为自己无知的漠视羞愧不已。

水成就的诗篇

人们千里迢迢赶去九寨,当然为了看水。其实生在江南的人,见过的水可不少。清澈的溪,灵动得像牧童的竹笛。依傍青山的湖,妩媚多情,是怀春的女子。江南人与水为邻,出门见河,绕着屋舍,拥着村庄,河像绿色丝带给一条小小的古街打个结。江南人整夜整夜枕着水声入眠,清晨,又在口乃桨声里醒来。水成为日常,成为我们气质的一部分。

我自觉是品味过水的人,但到了九寨,还是被那里的水迷住了。在九寨,你会发觉水找到了自己最独特的形态,水呈现出了自己最多彩的表情。

首先打动我的是玉带河,从一地绵延的高原芦苇中流淌而过,金色的芦苇齐整地排列着,像秋天的麦地。苇丛中,水的绿显得晶莹而有质感,你看不到水是流动的,它那么安静,那么纯澈,那么慢条斯理地流,恍然间你会误认为看到了一条翡翠铺就的河床,那样的静谧是玉才有的品质。当然,最安静的水不是在玉带河,而是在镜海。在镜海,你才真正体会到一个"静"的境界。这样的静并不仅指没有声音,并不仅指没有热烈的闹腾。事实上我相信,很多喧闹和浮浅的人一旦走到镜海面前都会突然失语。面对一潭明镜般的水,面对深邃的目光,就像突然遇见了一位智者,你的心里自然充盈起敬畏来,你开始轻声细语,小心翼翼。确实,没有风的时刻,镜海就是一面明镜,可以照到人心的深处,照见落到人们内心里的尘埃。它的静是从骨子里透出来的,水面上不会有一丝涟漪,天空中飞过的洁白云影,水面上掠过的飞鸟,水畔旁逸斜出的树枝,甚至对面整座高耸的山峰,镜海都收入明镜里。据说镜海最美的时刻,是在晴朗的秋夜,天上有一轮饱满的月亮,水中也有一轮饱满的月亮。皎洁的月轮在水天间相互呼应,相互凝望,你分不清虚实,分不清谁比谁更明亮。这样的静足以让人忘掉身后的喧嚣尘世。

当然犀牛海呈给人的是另一种从容而大气的静。犀牛海是九寨沟最大的海子之一。传说中,古时有位身患绝症的藏族喇嘛骑着犀牛路过这个海子,当他喝了海子里的水后,让他痛苦了好些年的病症全然消失了。老喇嘛遂日夜饮用此地的水,再舍不得离开,最后骑着犀牛进入水中,永远地融入这片海子。这是犀牛海名字的由来。

如故事所透露出的深意,犀牛海的水也是深沉的,这样的深沉让人望而却步。犀牛海的安静也是深沉的,它依傍着一面高耸入云的山壁,越发显示出自己的深邃。这是哲人的思考,是高僧的入定。

水在诺日朗则呈现了另一种姿势,那会儿它们一改安静的常态,变得狂放而暴怒。它们摇身一变成了奔腾的烈马,成了呼啸嘶鸣的狂风。诺日朗瀑布是九寨众多瀑布中最为宽阔的一条,横向跨度300多米，这么多水蜂拥而至，不约而同纵身跃入山谷。这么多飞腾的水，织成了一匹巨大的白练。那轰然的水声，是裂帛的声响吗？诺日朗瀑布让你看到九寨的水是雄浑的，它们有着激越而豪放的内心，它们是奔腾千里的骏马，是喋血沙场的勇士。

而到了珍珠滩，你会发觉水是洒脱的，它们喜欢四处漫溢，并没有固定的行进路线，整个山坡，整个铺满石头的岩壁，全都是水的道路。它们在撒欢，它们在奔跑，它们在欢跳，它们像洒落一地的珍珠，随处滚动，飞溅。直到走至珍珠滩瀑布前，你才真正被这水的恣肆和洒脱惊诧了，它们那么自在，从不考虑前面是什么，就飞奔过去了。它们撞上树根，它们吻上一地的青苔，它们在小石头的缝隙间跃过，它们轻盈地从山崖上飞下来，汇聚成珠帘，散开成薄雾……它们是最有形的，而此刻又是最无形的。它们是无处不在的，山坡上，路上，青苔上，随处都是飞花溅玉般的水，但它们又是无法捉摸的，像精灵，瞬间就消失在你的视野里了。

九寨的水是清澈透明的，汇聚到海子里却有了自己的颜色。神奇的高原地貌给了水与众不同的缤纷，在这里，水一改往日素颜，呈现出天堂般的妩媚。火花海，每当阳光吻上水面，就有无数金色光点在水上跳跃，那跃动的阳光，像闪烁的星辰落进了水中。孔雀海呢，远远看去就像一只开屏的绿孔雀，那里的水，让所有人都叹为观止。那样新鲜透亮的蓝是我在别处从未见过的，似乎有摄人心魄的力量，让注视的人都不忍移开目光了。如果是秋天，满山的树都变得绮丽起来，有的穿了红色的披风，有的戴了金色的斗篷，有的抱着一身飘然的白衣。多彩的山色，全都映入明镜般的水里。这时，你看到的水就是一幅幅写意的油画了，那透明的灵魂在秋天里显现出无穷的绚丽。

在九寨，水有了最精彩的绽放。它们静若处子，动如脱兔；它们深沉如哲人，又活泼似顽童；它们纯净得不染纤尘，又妩媚得绚烂至极。在九寨，水找到了自己最好的表达，水完成了自然最好的抒情。

雁荡看山

有峰皆卓立,无瀑不狂飞。

——摘自一块雁荡的石碑

去雁荡,最可看者是山。

车停在大龙湫入口处,下得车来,一抬头就看到了千佛岩,那是一面开阔的山崖,壁立千仞,直插云霄。整块崖壁全由巨石垒成,只在顶上有一片葱茏绿意,其余全为银灰色,在高天下,给人一种苍劲的感觉。千佛岩如一群僧人比肩林立,静听佛主讲经,又似一把巨扇展开在青天之下,还像一扇石头的天门,有着一种万夫莫开的力量。

山路迂回,往里走不多久,就看到了剪刀岩,那是一座巨大的石峰,突兀而起,从峰顶往中间裂开成一条很深的缝隙,远远看去就像一把微微张开的剪刀。自然造物,百般神奇,用了多少漫长的时日,岁月才锻造完成这样一把天然的剪子?它孤峰突起,矗立大地之上。它要剪断什么呢?剪风剪雨剪岁月流年。"不知细叶谁裁出,二月春风似剪刀。"剪刀真是令人遐想的一个意象。

绕过剪刀岩,穿过一片春日葱郁的森林,远远就看到一条瀑布从山崖的巨石上挂下来,如飘动的白练。再走四五十步,离瀑布近了,大龙湫的一潭碧水也在人们的眼前摊开来,那水绿得十分深邃,使人想起离这里不远处的朱自清先生笔下的梅雨潭。走到瀑布下看山,墨色的巨石悬空在几十丈高的头顶,构成一个天然顶篷,瀑布就从这样的巨石上倾泻下来,看上去仿佛有人从山顶倒下来一袋又一袋面粉。落到三分之一处,粉末成了水雾,在微风的吹拂下飘来荡去,如飞扬的轻纱,直到快接近水面的时候,水雾凝成了一颗颗晶莹的水滴,串成了一张密集的珠帘。透过水的珠帘再看远处的山,山上的树,皆透着一股水意,清新而湿漉漉的。

当然,如传闻的那样,雁荡的山最可看的还在灵峰一带,灵峰的山最可看的又在夜间。已经很多年未有过夜晚看山的经历了,于是收拾起白天的劳累,在夜幕四合时重新乘车到了灵峰。顺着青石的山道往里走,树呀,山呀,石头呀,都被夜的手浓重地勾勒出来了,一种别样的味道油然而生,夜的好处和神秘也顿时出来了。这时候我听到了从山间穿过的潺潺水声,这是白天所不能听见的。尽管夜晚的灵峰依然游人如织,喧嚣不已,但我还是听到了潺潺的水声。夜让人心安静平和起来,让山也跟着安静平和起来。夜更让山回归到了本原的样子,剔除了所有的修饰和形容,只保留了它的威严和神秘,保留了它高大的身影。看山有如看人,在白天光线下细看时可能会看到些瑕疵,看到脸上汇聚的一群雀斑,但在沉沉夜色里,只看身影和轮廓,可能你会去在意一个人的气韵,看见其深藏的内心。白天你的视线会被山上的一个亭子吸引,会被一枝旁逸斜出的树枝带走,会因为一个游人的亮丽脸庞而有所转移。但深黑的夜色,打消了视线的一切分歧,让你只看到山的神情,看到山深藏在表象下的涵养或气质。它们要么沉静如长者,要么窈窕如少女;要么生动如修长的石笋,要么敦实如千年的大钟;要么似乌龟缩头缩脑,要么若雄鹰振翅欲飞……它们或站,或坐,或躺,或斜倚,或相互搂抱……全然不顾人们怎么看,怎么说,怎么评,它们各怀心思,各有想法。每一座山都有故事,一部分被人们言说着,还有一部分不为人知,深藏在它们自己的内心里;每一座山都有悠远的历史,一部分被人们记载着,还有一部分被岁月和天空阅读着。

　　灵峰的所有山都在夜幕下灵动起来了,它们穿着深黑的夜衣,俯瞰大地,相互凝视,或者仰望顺手可摘的星辰。有星子在山的肩膀上轻轻跳动,那是一座山和自己头顶的星辰在对话。

　　雁荡的山一定还有更多可看之处:月下,雨中,朝阳拱出山峰的清晨,飞雪铺白山道的隆冬,黄叶飞满山间的深秋,山都将呈现出它独特的一面。愿我能择日再来。

季节的歌谣(三则)

春天是无所不能的

  草木返青,花朵盛开,春天向人们呈现出美妙的迹象。春天如此轻灵,无遮无拦。她越过樊篱,跳过围墙,来到河边,步履从容地从湖畔走过,她不留下什么,但湖水的涟漪竟然格外妩媚起来。她从泥地里钻出来,在墙根一带留下一些絮叨。她飞临一棵树,把清亮的歌声还给鸟儿,让每一片绿叶都沐浴清风,心情和畅。她让道路变得柔软,迎接新鲜的脚印,让冰雪消融,忘记前嫌。春天让尘归尘,土归土,让明媚归于大地,和暖归于阳光。

  这是我们看到的春天,她殷勤地改变着世界的秩序,她要重新分配美的一切,安排这个世界的结构。在排列和重组中,在重新的定义里,我们知道春天来了。

  但我知道春天一定不止是做这些,春天改变事物,改变世界的模样,还偷偷改变了我们的内心。有多少心灵都开始舒展开来,想发芽,想开花,想迎着晨风唱首歌。春天让我们走过严冬、生出硬茧的心灵都变得柔软,她赋予身体以力量,赋予心灵以勇气。为此有多少人会在春天的早晨踏上通往梦想的台阶?

春天是一个理由,她说服那些疲惫而阴冷的日子,她会给出幸福和希望的可能。这样,走在春天的路上,脚步总比从前踏实,我们也可以说服自己,觉得温暖一些,快乐一些,明亮一些都是应该的,因为都已经是春天了,连草木都由枯而荣,连石头都听到了自己的心跳,连一棵原本自卑而不起眼的野花都敢于在枝头亮出歌喉,你为什么不让自己美丽起来?否则你就要辜负这样上好的时光了。

春天是一种期许,这个季节容许犯错,容许远行、思念和恋爱。她默许我们内心深处产生诸多疯狂的想头。在春天,如果我们再不往生活的画布上涂抹缤纷,你一定会为自己的拘谨和羞涩而后悔。春天她给了我们一张多么大的纸!我们可以写首诗,可以画一幅孩子气的画,也可以折成纸飞机,让它用飞扬的姿态穿过柳树丛,在天空中画出时间的弧度,还可以用它包裹一颗颗美味的糖果和令人心跳的节日。

这些都是春天,我可以感觉到她的无所不能。但我知道更多时候,春天是我们内心的底气。我们用春天的名义发言,总能够语句流畅、口齿清晰。在那些古旧的书页里面,人们将春天说得那么动听,或者"红杏枝头春意闹",或者"千里莺啼绿映红",或者"草色遥看近却无",或者"春城无处不飞花"……或者,春天在古人的诗句里获得了更多的可能,也或者是春天让古人的诗句出现了更多的可能。如果没有这样一个词汇,那些摇曳多姿的文字将失去多少色彩呢?春天是我们心头关于温暖的想象,这多少有些像黑暗中我们需要一盏灯,风雨中我们需要一把伞,摇摆的路上我们需要一个坚实的帮扶,而春天是我们平庸生命里跟美丽和温暖相关的需要。因了一束烛光,雨夜会亮起来,同时,我知道因了春天这样的一个词语,我们那不断被世俗磨着被尘埃蒙着的心也会泛起光泽。

我知道这就是春天,无论富有的人、贫穷的人,都可以在心里悄悄念叨她的名字,渴望她重回我们的生活和内心。春天是这样的一笔财富,她均摊到每个人的手中,她平等地接纳所有心灵。富翁和乞丐,平民和帝王,老人和孩子,都可以走到春天的庭院里面去,为一朵花欢呼,为一星草的绿意动容,她还是内心藏着平等的神啊。

春天是强大的。她的强大在于用和颜悦色和温润的眼神,就能叩开坚硬的心,她的强大在于用柔软的美击垮顽固的阴冷和无望,这是一种真正的强大,温和如水,却又势不可挡,绵长如时间,却又不着痕迹。

读秋

我还是小学生时,读到过这样的句子:"稻子笑弯了腰,高粱笑红了脸。"那是小时候我对秋天的印象。在我小小的心里,秋天是喜滋滋的,有点暖烘烘的甜味,连空气里都流动着作物成熟的气息。后来我才知道"春耕秋收",这是我们千百年来约定俗成的习惯。因了成熟与收获的期许,我们觉得秋天是一个有内涵的季节。春华秋实既是对季节的礼赞,更是对生命完满的向往,一个生命在春天的萌发和夏天的绽放后一定要在秋天结出果实,才不会失于轻飘,才不会虚于此行。

长大以后，我开始看到秋天的美，且这样的美逐渐清晰起来。其实，漫长的少年时代，我也隐约感觉到了秋天的美丽。我时常在暮色四起的田野里游荡，收割后的田野空空荡荡的，夕阳像薄纱一样。那时，能闻见一种稻禾的气味，混着空气里衰草的香。那样的气息总让心变得空落、忧伤起来，像一个山谷，里面储满了寂静，我知道这是秋天的况味。许多年后，这样的味道被我封存在记忆里了，看到"秋天"这个词语，或者一阵阵微凉的风开始在大地上跑动，它们就氤氲开来，缭绕在心里。现在，听过春天华丽的喧响，看过夏天盛大的热情，我能深切体会到秋天的美。秋天的美是收敛的，沉静的，不事张扬的，像一个艺术家，有宽广的内心，却在眉眼间藏着那么些让人琢磨不透的忧郁。如果有时间凝视一棵树，你会看到我说的静美，它在秋天里呈现出一种历经风雨和青涩后的祥和，它的叶慢慢变黄，很从容地落下来，没有一丝慌乱的感觉。同样，这样的祥和经了秋天的传达，呈现在许多事物上面。天空突然高远，夕阳变得彤红，像枝头丰盈的柿子，仿佛随时都会流出香甜的汁来。岸边的苇丛，此刻有了花白的芦花，在秋风里摇曳，它们也是不急不慢的，一茎芦苇，就是一个悄然独立的思想者。河水不再暴涨了，一条河度过夏天就恢复了冷静，有了一种舒缓的节奏，有了处变不惊的阅历，像柴可夫斯基琴键下流淌出来的音乐，像马友友的大提琴独奏曲。

这是时间上的秋天，她以一个季节的形式出现，从九月的眸光里开始。

秋天有更多内涵。有时，她在一张古琴的弦上荡漾，像夕阳下的水波那样,有着一圈又一圈丝绸般的涟漪;有时,她又以几朵白菊的形象落到一盏茶里,那是一个白瓷杯,在一张原木的茶几上独自入定。这么说秋天并不仅仅是时间上的,现在我更倾向于认为"秋天"是一个关乎文化和心灵的词汇。真正的秋天,在时间的远方,在古老的典籍里,在脆薄的纸页间,从屈原写下"袅袅兮秋风,洞庭波兮木叶下"开始,从庾信写下"树树秋声,山山寒色"开始,从马致远写下那首著名的小令《天净沙·秋思》开始,秋天就有了另外一种形式。她不仅仅是时间的概念,我们古老中国的秋天,其实住在诗行里,住在文字里,住在游子绵长的乡愁里。

现在,依我看来,秋天已是一种气象了,像一条流到开阔处的大河,像一座到了深秋的寒山,"白云生处有人家"。秋天也是一个放下成见的人,不再愤怒不再计较不再轻易害怕未知的人生。在秋天里,我愿意将心安放下来,将那些生命里的烦扰厘清。我要只留下爱和深思,秋天到来的时候,我愿意是一棵落尽繁花的树。

冬天

我固执地认为,真正的冬天留在我童年的时光里。

在乡下,进入冬天,就进入一段空白。

一年的农活做完了,田里、山上都空出来。种子还在仓里,树苗还在坡上,牛拴在栏里,狗在村边闲散地溜达。

冬天,是一年的结束,用来清扫和回顾。掸去落在墙角和窗格子上的灰尘,擦干净方桌,磨亮切菜的刀,码好柴火,备好土豆、地瓜、冬笋,杀一头猪……备下自家酿的米酒,冬天就在酒香中拉开大幕了。

像一位书生，书读到最后一页，然后人走了，一本书静静地搁在书桌上，一杯茶散着清气，慢慢凉下去……这是冬天。

冬天是空落的，因为空，所以闲，发自身体，而又弥漫到内心的闲。我喜欢自己的村庄渐渐地满起来。那些远走异地的人，那些结束一年工作的人，像返乡的候鸟，拎着大包小包回来了。路上的风尘吹得他们的脸红扑扑的，那是一种喜悦和相逢的颜色，这样的喜悦感染着村庄里的每一个人。

他乡遇故知是一种幸福，一年漂泊后，千里迢迢返回故园，则是一种内心的踏实。在远道而归的客人中，如果有一个自己的亲人，那是更大的喜悦。小时候，我们常常翘首企盼，等在外就学的小叔回来，等在外打工的小姑回来。等小叔将自己紧紧地抱起来，抛到空中；等小姑从花花绿绿的包里掏出一份城里带来的礼物。在贫乏的童年里，一份从异乡带回的礼物让孩子的心里漫溢着惊喜。只在冬天，生活的日历上才会出现这一抹亮色；只在冬天，我们的童年才能开启这份惊喜。

我还喜欢春耕秋收忙了三个季节的农人们袖着手在打谷场的墙边踱来踱去。早晨的阳光落在他们的肩上、脸上、花白的头发上；中午的阳光落在他们的肩上、脸上、花白的头发上；傍晚的阳光落在他们的肩上、脸上、花白的头发上。他们沿着墙根挪移，忘了节令和时日，忘了光阴流转。他们的内心和风吹过的打谷场一样干净，和风吹过的松树林一样发出空落落的响。他们的内心进入了时间的腹地，进入了一年里最心平气和的那一段。

隆冬时分,大雪过后,不知窗外雪有多重。父母会早早起来一次,将红薯和土豆放在一片青瓦上,在灶膛里添上大块头的炭,生起火,将青瓦搁在火上。

这样,等我们醒来,红薯和土豆已煨熟了。食物的香气丝丝地吐着舌头,经过两道柴门,经过高高的木门槛,钻到我的被子里,钻到我的鼻子里。我们不起来,五六岁的小伢儿是不必早起的,任调皮的香气在房间里游来荡去,一阵一阵地诱惑着肚子。

有时候,我也格外担心煨得焦黄的红薯被隔壁馋嘴的小孩偷去,就催父亲起来,到厨房的灶膛边去突击一番。红薯被偷过好几回了,金色的土豆也常常在我们饥肠辘辘时不翼而飞,可父亲从来没逮到过馋嘴的毛孩。我想父亲逮到了也会笑呵呵地将那个小兔崽子放掉的,然后回来跟我们说,差点就逮到了,差点就逮到了。

真正的冬天在乡下。隔壁卖柴为生的林伯还会常常带来惊喜:有时,他会在铺满白雪的山上捉来一只迷路的野兔;有时,他还能和一群村里的青年小伙一起伏击到一只四处觅食的野猪,甚至一头鹿。我还记得父亲端着一小碗新鲜的鹿血让我喝下去,那浓稠的鹿血让我怎么也不能下咽,我躲到屋外的雪地上用新布鞋踩出一个个脚印,心里突然涌起一种无法言喻的滋味,冬天真是一个奇妙的季节啊!

真正的冬天在乡下,在童年里。多年后,那儿一直留着一段洁白的往事。窗上还结着冰花,麦苗还在雪被下暗暗往上拱着身子,祖父的老牛还在栏里打着响鼻。只有我们渐行渐远,渐行渐远……

消失的河是大地的断句

起初,每一条河都是完整的,像一篇完整的文章,一个有始有终的故事,一趟开始和结尾都设计好的旅行。一条河流过的地方,有舒缓的心情、曲折的经过以及华丽的收尾。它们要么汇入江海,以更大的气势滚滚东去,要么融入湖泊,在盛大的水域里成就更为盛大的抱负。

那时候,每一条河都具有清澈的品质,像我们没来得及沾染世俗的眼睛。那时候,我喜欢和一条河一起散步,夹岸是青青的芦苇,碧绿的菜地,一望无垠的水田。河会带着你,把你从田野领进村庄,又把你从村庄带回到田野。河水流过的地方,蜻蜓飞舞,青草更青。

很多年后,我再次沿着一条河散步,试图还像从前一样一路走下去,走到没有尽头的远方,让河帮助我复原一些旧日的记忆,祈望它能够带着我穿过现在,回到过去那段清澈的时光。但我发现,河流比人更快地被这个世界糟蹋了,它们无法复原人的记忆。每条河都成了失忆的河,它们没有过去。我沿着一条河还没走出几百米,它的脚步就被一个在建厂房的工地隔断了,一条河在坚硬的黄土和石块中失去了方向。我穿过尘土飞扬的工地，好不容易将这条河的另一段找到，像读书时，那些散落了一地的破损的书页，没有页码，全凭内容，将上一句和下一句对上了号。有些惊喜，更多无奈，我继续往前走，河水浑浊，已经不再有流水清清的歌声，不再有干净的水草了。那些河里的草蓬头垢面，水里落满了秽物，一条河成了一个潦倒而污浊不堪的人，不再用心情回味自己光鲜的昨日，那些钟鸣鼎食的岁月和白衣飘飘的年代，都无从回忆了。它无力再想起曾经纯净的时光了。又过了几百米，河流只拐了一道弯，你以为在弯道的另一头会藏着曲折的心思，以为它还会有另一个弯，就像那些丰厚的故事总会有一个又一个意外，"文似看山不喜平"。但意外的是这条河已没有了任何其他意外可呈现给人了。你会看见在它要前往的路上，突然出现了一条畅通的柏油路，车水马龙将一切都连接得那么顺畅，根本不需要任何过渡和承接。于是终于明白，一条完整的河已经没有了，就像那些时日太久的古籍，只剩下少数几个章节，大部分内容无处找寻，大部分故事散佚殆尽。

有多少河流都失去了它们赖以行走的道路，以至于失去了它们自己。于是很多的记忆，那些有关村庄、月光和纯净的田野的记忆也跟着河流一道失去。我们都有这样的常识，有田野和村庄的地方都会有一条河，在河流消失的地方，最初的田野和乡村也就必然跟着死亡，跟着死去的还有我们的记忆。我们无法找到一张旧日的地图，让自己走回去。河流是一个提示语，是一个密码，一篇旧文的开头，现在我们无情地将它删除了，再也无法打开一扇通往昨日的隐秘的门。一条河流过的地方，有我们儿时的村庄，河水里写着阳光的倒影,写着春天的情书,也写着我们的童年。旧日里那些水草,那些过往,那些在清清水畔浣衣的女子,那些春天的田垄上金黄的油菜花,油菜花上红色的蜻蜓,以及蜻蜓翅膀上蔚蓝的天空……一切都随着河流消失了。一条河被坚硬的石块和水泥割断喉咙,变得面目全非,四肢残缺。我们曾经的记忆因此失去了全部的依托,找不到任何的佐证。

一条河又一条河,像一个个走失的儿时伙伴,跟着乡村一道从大地上消失了,只留下空空的回忆和飞扬的尘土。

楠溪江,流水华章

我一直想去寻找一条江,背上背包,以旅行者的身份混迹于一群当地人中间,听他们用陌生的言语随意交谈,看他们手里握着散发热气的早点,在满面尘灰的客车上大口咀嚼。我会在一个名字古旧的小镇上下车,悄然地走向那条江。我想沿着一条江一路走去,没有明确的目的地,那样我才能见到一条江的美丽。

后来我邂逅了楠溪江,开始在别人的记录里逐渐了解它,偷偷关注它,像看一场电影,忘记了电影讲述的故事,但电影里故事的背景却铺展到我心中。

我想这是一条跟我有关的江,它悠远的流淌里,有我生命里想亲近的声音;它清澈的水域里,有我的忧伤;它沿岸散落的村庄中,有我青梅竹马的邻家姑娘。

那些喜欢风景的人,一定都有自己理想中的山水,天地间的事物,它们是有灵性的,它们也在等待自己的知音,否则历经千万年,一座山不会永远朝气蓬勃挺立在霞光里,一条大河也不会一直保有澎湃的激情,像热恋中的诗人。

它们在等待知遇的目光,而我们在寻找自己生命里最为亲切的场景。我要有一条江,它离我很远,又日日流淌在我心底的沟沟坎坎里。在它的身影中,我总能看到自己的样子。这就是我要说到的楠溪江。

从青碧的群山而来,它绵延向下,一路走过林立的峰岚和山脚下开阔的腹地。作为江,它并不十分开阔,没有磅礴的巨浪和千帆竞渡的壮观。但作为江,它却比河与溪来得有内涵,它的宽和深都恰到好处,让你想亲近又望而却步,很秀丽却保持神秘和威仪。它是有着万千气象的,像一轴山水的长卷,在灵动的狼毫笔下氤氲着水墨的气息,村庄、古朴的木屋、夹岸而生的芦苇都一一入画,那是多么丰富的内心呀。

楠溪江,一条在浙南的山间静静流过的江。

在我未见到它之前,它就和我的生命有了奇妙的交融。

我开始去寻找它,先是暮春,沿岸的田野里麦子金黄,我在山涧的臂弯里看到了楠溪江,碧蓝的水,静默地流淌着,波澜不惊。一路,我们的车缘江而行,有时山路蜿蜒,我会一下子看不见它,但转过一个很大的弯,它又在面前了,一副处事不惊的样子,还是那么碧蓝的水,静静伸向远处。

一个又一个村庄沿江而筑,是江水养育了它们,有水的地方,才有丰美的庄稼和兴旺的家族。楠溪江沿岸,星罗密布着众多历史悠久的古村落。石头的房屋,高大的古木,纵横的街道,独具匠心的布局。许多村庄都有自己门楼高大的祠堂,这让我们看到一个村落的丰厚历史。江水过处,村庄铺展开幸福平和的日子。

楠溪江沿岸的古村落大多保存完好,几百年的岁月侵蚀,并没有改变它们的样貌,一代又一代的人们,在这里出生、长大,在清凌凌的江水里洗去脸上的尘土和脚底的沙砾。有人会远离故土,求学、入仕、经商、追逐梦想,但一定会回来。他们走不出一条江的千回百转,走不出一条江的碧水长流。

那些殷实的村落和朴素的人们,那些青葱的庄稼和金黄的麦地,让我进一步相信,这是一条甘甜的江,它静静地流淌,荡漾起温暖的人间烟火。

当然,我知道,它也一定有自己绵长的忧伤,总有一些人吧,在深深的夜里,坐到江边呜咽,看流水静默地带走一切。可能是一个思妇,可能是一位游子,可能是落魄的文人……漫长的时光里,多少人的忧伤都落入了这清澈的流水里。当然还有许多蹉跎的故事在江畔,在那些古旧的村落里轮番上演,是一份遗憾的爱,一段错位的情思,一些被无情的现实淹没的精巧的心。一条历史丰厚、悠远流淌的江,一定有很多不可言说的忧伤故事。问君能有几多愁,恰似一江春水向东流。

接下来是一个深秋,我再次去寻找楠溪江,那是一个阴天,并没有阳光在江水里像鱼儿一样跳跃。汽车带着我们沿江而行,我相信这是一次顺江而上的寻访,仍然没有明确目的。其实一条江,它的任何一段都是我想遇见的,就像心仪的人,她的哪段年华你不想拥有呢?在哪里停留似乎不是很重要了。

这一次,我有机会走到江边的溪滩上,有机会踏着江上的搭石一步一步涉水而过,像小时候那样小心翼翼一步一步踏过童年的溪。多少年了，夹岸的村庄已如繁花盛开，无数的人们来了，又走了，这条江依然生生不息。我知道一条江其实是一个时间的投影，是的，或者说它是时间的参照。它的生生不息印证着岁月生生不息，它的源远流长预示着生命源远流长。

　　沿江而筑的村落有盎然的古意，在时间中，它们散发出朴素的光亮。喝着纯澈的水长大的人们是幸福的，他们每天都可以看到江水静默地流去，看到清晨的曙光将一条江唤醒。他们会早早明白，那是一江的岁月年华啊。还有谁愿意挥霍时日呢？在时间的长河里，一个人只是一个漾起的涟漪罢了。一条江给了我们许多生命的暗示，它是流水的华章。

　　在深秋的风里，我不止一次想到了谢灵运。这位东晋时代飞扬跋扈的诗人，被排挤到偏僻的永嘉一隅，成为这一方山水的太守。他走到楠溪江边，偶遇的这轴山水，给了他无数锦绣诗篇。他不止一次在江边站过，一千多年前的江水声他听过，一千多年前的江上归帆他看过，一千多年前的风声掠过身体，他经受过。现在，我听到他在江上说："叠叠云岚烟树樹，弯弯流水夕阳中。"江风将他的声音送得很远，远到千年之外，远到那些高高地从水面上掠过的白鸥的头顶。

　　我又站在这里，尽管有先后，但我们一定会遇见。谢灵运拥有过的这条江，现在正从我的视线里流过去，它从远古来，像一块通透的玉，一直保有清澈和深邃，一直跟我的心相通。

东钱湖是一本书

江南的城,若没有湖,会失却一半韵致。浙东鄞州,有俊秀的山,有魔术般变幻的广场,有禅意氤氲的古寺,这一切似乎都比不上一个湖令人欣喜。东钱湖是鄞州的小女儿,温婉娴静,是城市柔软梦想的所在。

我更愿将它想成一本书,摊开在鄞地东部的臂弯里,摊开在久远时光中。有了这样一本书,这片古老而现代的江南富庶地,就像一个人有了丰厚家学,举手投足间无端多出一股风雅气。这是一本怎样的书呢?"阳春召我以烟景,大块假我以文章",千年万年过去,自然以神奇笔墨悄然书写着。浩渺的湖面是绢织成的纸页,陶公岛投以青葱的倒影,那是笔墨浓重的一段,霞屿寺留下明媚的身姿,那是一个漂亮的隐喻。而湖上的渔舟晚照,湖里的莲叶青鱼都是一枚枚的动词,它们在一个段落里跳跃着,溅起几点洁白浪花,或者画出一些荡漾的涟漪。这样一来,我们的东钱湖是一本写景的书,长堤落月,拂晓春风,抑或风霜雷电,秋雨冬雪,在湖水的锦帛之上,谁都成了抒情诗人,文章好手。

当然,春秋变幻的景致,一轴铺展的山水画卷仅是开篇。天地造化在时间里的书写,有着更宏大的格局。自然给出灵秀的山水时,也给出了他别样的用心。这片灵秀的湖山注定要孕育出万千气象。东钱湖古时称"钱湖",以其上承钱埭之水得名,但这个看似随意取来的"钱"字,仿佛有了某种暗示,它在等待一个人,等待一种经营之道。机缘就是这样埋下的,到了春秋时期,一场吴越战争打完,范蠡携西施隐居山水间,泛一叶扁舟五湖上。其间,范蠡三次经商成为巨富,又三散家财于天下,被后世誉为儒商鼻祖。他在历经政治的巅峰和财富的巅峰,历经钟鸣鼎食的岁月,历经战乱后,选择了隐居东钱湖畔伏牛山,自号陶朱公。自此,这座山也因他的到来更名为陶公山。而东钱湖中间的那个"钱"字也更落到了实处,这并非是带着铜臭味的孔方兄,这是东方智慧,财富聚集的寓意。不知道是不是范蠡,这位历史上称为"商圣"的人的到来,给古老的鄞州大地埋下了经商之道。往后,无数人从东钱湖的水边出发,从东海边的大港出发,走出江浙,走出中国,走向大洋彼岸,无数财富像钱湖的水一样汇聚起来,无数创富的理想像湖上的春风一样流传开来。这么多鄞州人,他们在世界经济的舞台上呼风唤雨,蔚为壮观,成就了天下宁波帮的神话,也成就了东钱湖东方财富之湖的神话,这是东钱湖这本大书里智慧的一章。

范蠡之后,东钱湖又书写了另一个掷地有声的章节。北宋时期,27岁的王安石上任鄞县(鄞州古时称鄞县)县令。其时,这位年轻的地方官满怀济民之志,抱负雄才大略。他在鄞县任职三年,一开始胸中就藏有一幅壮丽的蓝图。他风尘仆仆,殚精竭虑,冒严寒酷暑、履冰霜雨雪,从县城出发走遍鄞地的角角落落。他务实开拓,研究考察,低息贷谷于民,组建联保,平抑物价,创建县学,一系列举措都成为日后那场影响整个中国的伟大变法的先期试水。短暂的三年,王安石之于鄞县的最大贡献还是在东钱湖,这也可以看成人与湖的缘分。在农耕时代,王安石深知水之于民生的重要意义,当时的东钱湖时常泛滥,周边百姓深受其苦。王安石看到问题的症结所在,举十万民力,清除葑草,立湖界,起堤堰,决陂塘,整修七堰九塘,限湖水之出,捍海潮之入,解除了湖区周围及鄞县镇海七乡农民水旱之苦。从此,东钱湖水面清朗,润泽八方。年轻的王安石读懂了东钱湖,读懂了这风生水起的开阔气象,他在鄞县的土地上完成了最初对于宏大梦想的勾勒。这是东钱湖这本大书里深邃的一章,这一章日后注定会载入厚重的中国历史。

因了灵动的山水浸润,因了深厚的气息熏染,还有更多绚烂的篇章正逐一展开。南宋,东钱湖畔走出了权倾朝野的史浩家族。在民间,史氏家族有"一门三丞相,四世两封王"的说法,这个家族的命运沉浮就像一面镜子,照出整个南宋帝国的阴晴圆缺。再往后呢,有更多来自东钱湖畔的人们给世界留下惊心动魄的一笔。生物学家童第周在东钱湖畔的野地里第一次洞悉生命的秘密,而后他在世界顶尖的实验室成为动物胚胎学之父;昆虫学家周尧在东钱湖畔的花丛里第一次捉到蝴蝶,而后他在西北农林科技大学书写中国的昆虫学史。书法大师沙孟海呢?他在某个清晨推开东钱湖边的家门走向世界,又在黄昏降临的时刻,回到这片故园。他选择了葬在临湖的一座小山上,墓前有块巨石,呈翻开的书状,上面不着一字,但尽得风流。沙孟海先生一生都在书写,中国的汉字在他笔下开出了花,但他的墓前却是一本无字的书,他想说天地有大美而不言吗?还是所有表达和喧响都抵不过这临湖的一瞥呢?或许吧,倚山而面湖,仰观星空,俯瞰静水,有哪本书能比拟这样的阅读?

还有更多人,中国第一位女留学生、第一所公立护士学校创办人金雅妹是从东钱湖的韩岭出发,踏上前往美国的求学之路的;画家沙耆是从东钱湖畔的沙村出发,踏上前往比利时的艺术之旅的。他们在离开的时候,是不是都深情地回望过这片静静的湖,这朝夕相伴,留下他们少年梦想与足迹的湖,这养育着他们,给过他们无数智慧和情思的湖。他们也一定阅读过这宽阔而深邃的湖水,阅读过灵秀的湖光和山色,他们是否读懂了千百年来一个湖所昭示的深意?这些东钱湖孕育的儿女,最后都成为时间里最亮的句子,被后人的目光反复阅读,被历史的记忆小心收藏,这是东钱湖这本大书里风雅的一章。

而现在,人们更多时候会在周末,带上老人,带上儿女,穿越城市喧嚣来到她的身旁,仅是为了在闪烁的湖光面前坐下来,仅是为了沐浴这湖上吹来的清风。人们散步、垂钓、烧烤,或者怀揣对爱情的向往,人们在湖光映照下,获得人世间最美的祝福。这时候,东钱湖又是一本跟生活息息相通的书,简单明了,平易近人。

一座城市拥有一个自己的湖是幸福的,尤其在江南,湖让城市保有了自古以来的优雅气度。东钱湖之于鄞州,就像西湖之于杭州,洱海之于大理,大明湖之于济南一般,她是这座城市的眉目,蕴藏着城市无限的情致。

石头讲的故事
——云冈石窟印记

公元460年,昙曜和尚沿着大同城外的武周山一路走去,在大同以西16公里处的武周山南麓,他停下脚步,细细端详起面前的这一截山体,发现整个隆起的部分都被石头包围着,宽阔而坚实。那一刻,昙曜和尚突然有一种遇见故人的喜悦。

他的决定就在那一刻下了,那一截巨大的武周山,一山突出的石头,蓦地给了和尚无数的激情,这个时间,这个地点,是他展开梦想的时候了。史书记载:和尚奉命而来。"文成帝即位后,再兴佛教。昙曜和尚遂应帝之请,于武周山山谷北面石壁开凿窟龛五所。"

但我觉得,这一定不只是受命之作。之前,和尚在自己心里已无数次将图纸勾画到石头上了。在梦中,和尚的眼前不断闪现出刻画在石头上的宏大世界。

就是从那一年开始的吧,当然历史总有很多误差,也有说从公元453年开始。我无法再往回追述了,我无法知道那是春天还是秋天,那是清晨还是傍晚,是随缘而定的日子,还是刻意挑选的。昙曜和尚开始了云冈石窟的开篇之作:"每窟镌造佛像一尊,皆高六七十尺，窟高二十余丈，可容三千人，雕饰奇秀，又建立佛寺，称为灵岩寺。此为大同云冈石窟之开端。"接下来，石头覆盖的武周山南麓，东西约1公里长的整座山体，成了一个勾勒激情和梦想的地方。自和尚后，献文帝、冯太后、孝文帝，皇家倾心倾力经营约四十年，在石头上面讲述了更为恢宏的故事。

在云冈石窟，我发现古人赋予了石头许多意想不到的可能，独具的匠心让石头获得了自己的灵与肉，石头在这里变得温顺和善，变得平易近人。到孝文帝迁都洛阳时，一个石头的世界已然鲜明起来。

说到底，时间是易于流逝的，而人只有依托静止的物体才能将心情延续至今。北魏的人们，这个属于鲜卑族拓跋部的游牧民族的人们，放弃了一般意义上的书写，选择了一座山和一片巨大的石头。他们相信坚硬的石头在时间里会比纸笔更有力量，比喧嚣的言语更久远。他们相信石头拥有的质地更耐得住大漠过往的风沙，而石头更加沉得住气，即便水与火夹杂的考验，也不在话下。

在云冈石窟，石头一反坚硬刻板的常态，它们开口说话。它们或化身为一尊尊大佛，慈眉善目，俯视着众生；或化身为一个个金刚，怒目圆睁，审度着人世的不平；或化身为长袖善舞的飞天，像一朵朵浮动的云彩飘在高高的墙上。

它们，那一整块的石头，可能是大刀阔斧、豪气干云的传奇；它们，那一面墙的石壁，可能是心细如发的呓语。一座山就是一张无比宽大的画纸，而密集的洞窟却是无数密集的心思。在一个又一个变幻多姿的石窟中，有粗犷的运笔，也有精细的描摹，有泼墨挥毫的气度，也有低眉颔首的沉思。石头化身为佛，呈现一个令人仰止的姿势；石头化身为佛，定格一个安然入心的神情。这大致是一个故事的片段，或是开篇，或是停顿，它们要用自己的声势先声夺人。

而另一些石窟中，你会惊异于头顶和四面墙壁上无比精细的雕刻，无数栩栩如生的形象在画面上呈现出来，坐在菩提树下讲经的佛祖、手托婴孩的观音、布施的僧侣……他们有的正襟危坐，有的载歌载舞，有的怀抱琵琶，有的欢迎远客。但如果你有耐心，如果你有慧心，你会发现这并不是一个闪念式的片段，四面墙壁的每一个小画面都是一张电影的胶片，与临近的那一幅发生着关系，衍生出更为连绵的景象。由此我想这是石头讲出的完整的故事：朝圣、涅槃、普度众生，人生百味、世间百态皆入其中，显然这曲折的情节通往一个更宽大的所在。

一千五百多年前，鲜卑的王族和僧侣们在武周山的石窟中讲述了他们深藏于心的故事，然后便仓促离开了。许多年过去，从西北大地刮过的风声淹没了历史的真容，但武周山的这一截山体却矗立在时光之外。这些静默的石头，一直都在心里记取着一千五百多年前的传奇，它们从来没有忘记过，它们仍然保持着自己的体温。

浙江列岛笔记

大陈岛·烟云录

台州列岛 106 个大小不等的岛礁中，大陈岛是一个最具标志意义的地点。

大陈岛又分为上大陈和下大陈两部分，二岛仅相隔 2.5 公里水域。地理上的标志意义往往是历史赋予的。因此，不仅因为它是台州列岛的主岛，总面积 11.89 平方公里，更因为它具备了特定的文化意味。时间的大手曾在这个岛上写下无数故事，今天我用文字呈现这样一座岛屿，我的目光一下子触到了浙江的海洋文明史，触到了那千年沧桑带着咸味的海风。纵的历史感和横的地域感交织在一起，构成了大陈岛自身的传奇。

大陈岛的名字最早出现在《郑和航海图》中，可见郑和下西洋时，他的目光也一定注视过这个岛屿。当然，大陈岛在公元 5 世纪时，即被世人记载，那时人们称它为东镇山。明朝中叶，大陈岛是重要的海上抗倭战场，明军水师曾在大陈岛猛追穷寇，并擒获通倭大盗。清乾隆年间，岛上居民渐渐聚集，街道、集市、医馆、酒馆在岛上铺陈开来，人间烟火味在岛上弥漫起来，岛屿清晰地浮现出一座小镇的面貌。抗战时期，有"海上豪客"之称的王相义凭借大陈岛特殊的地理位置，率军阻击日寇，并收复沦陷的大陈岛。

而大陈岛最雄浑的一页应该写在解放战争史上。新中国成立初期，大陈岛一度成为浙中南国民党残部的主要据点，亦是"中华民国浙江省临时政府"所在地，国民党军队数万人驻扎在岛上，使岛上居民足足增加了一半。这个时期的大陈岛，充满了战火和硝烟，也经历着一个大时代最后的变数。

蒋介石失守大陆后，心里总有个化不开的疙瘩。他无数次看着中国地图，也无数次用笔在中国地图上勾画。台州列岛中的大陈岛、一江山岛等都是他计划里反攻大陆的主要据点。在新中国成立后的短短几年间，台湾当局许多政要的身影都曾出现在大陈岛上，蒋介石、蒋经国、胡宗南、俞大维、毛人凤……台湾当局期望能够坚守台州列岛，当然许多年后，我们回首历史，更愿意相信这是他们一厢情愿的自我安慰。1955年1月18日，一江山岛战役随即拉开帷幕，解放军华东军区向国民党"一江山地区司令部"发起进攻，这是解放军首次发动的陆海空三军协同作战。三天后，解放军几乎不费吹灰之力随即占领该岛。

大陈岛失去了依托，它成为一个无依无靠的据点。半个月后，2月8日台湾当局下令"撤兵大陈岛"。蒋经国亲自指挥撤军计划，随军撤走的还有岛上全部1.4万余居民（台湾方面的数据是1.8万）。这是一场多么浩大的迁徙，美军第7舰队动用了132艘军舰，台湾方面动用了27艘军舰，其中包括6艘航空母舰。用了整整4天时间,国民党当局将一个台州湾最繁华的镇子移为空城,军队和居民悉数迁走,最后仅剩下一位奄奄一息的老人和一地废墟。

我们无法想象,1.4万原住民撤离这片世代生活的土地时,他们该怀揣着怎样的悲怆?他们无从预见,这一湾浅浅的海峡从此将隔开大陆的所有亲人。有当时撤离者回忆:撤退时不能携带镜子、利器,每人限重30公斤。其时正值寒冬,许多人只卷了铺盖,穿着随身衣服就上路了。家园、土地、财产……苦心经营的一切都无法带走,生活里那么多辛勤的积累顷刻丢失殆尽。在大时代的转身中,小百姓的性命犹如虫蚁。许多人都不知道台湾究竟在哪里,只听说要去这个陌生的地方才能活命。步履蹒跚的老者,意气风发的青年,天真懵懂的孩子,所有人相随着走上了军舰,谁也不知道未来究竟会在怎样的地方落脚,谁也不知道一生的走向就这样改变了。舰队相继驶出了台州湾,有人迎风垂泪,有人默默转过身去。人们看见"浙江海防国军司令"刘廉一中将登上军舰时,满眼都是泪水。

这些在大江大海中迁徙的军民后来抵达台湾,在基隆港一带上岸,现在来自大陈岛的先民在台湾留下了十几万后裔,他们中的许多人仍然说着台州的乡音。

历史的洪流无可避免地漫过了大陈岛,只剩下一个时代的印记深深地烙在这个小岛的额上。至此,"中华民国浙江省"正式宣告全部易手,成为完整的中华人民共和国浙江省。

1955年4月第一批大陆移民进岛,第二年,温州青年"垦荒队"开进大陈岛。在中华人民共和国的版图上,大陈岛翻开了全新的一页。

嵊泗列岛·美丽二重唱

中国所有列岛中，嵊泗列岛是一个现代文明生长得最为迅速的地方。这一点，随着客轮渐渐靠岸你就会发觉。李柱山客运码头的建筑极具现代感，远远望去颇有点小悉尼歌剧院的味道。从码头出发，随时能打到车。嵊泗的交通发达程度也不亚于任何一个沿海开放地区的城市。车驶入环岛路，你又会发出感叹，道路宽敞，行道树郁郁葱葱，抬头看窗外，到处是鳞次栉比的现代楼房。确实，来到嵊泗的中心城镇菜园镇，真有抵达一座滨海新城的感觉。住宅、医院、学校、宾馆、琳琅满目的商场，熙熙攘攘的街道，穿着时尚的人们，让人很容易忘却这是一座远离大陆的岛屿，也很容易让人忘却先行者们曾经怎样把陆地上的一应材料运抵这个岛屿，比起在广袤陆地上营建一座城镇，这中间是不是需要付出更多艰辛？

我们只是匆忙过客，很少深究一座城的生长方式。但确确实实，嵊泗的人们做到了，他们在茫茫大海的中间，快速而高效地种植起现代文明，让一个又一个岛屿连接起来的有限陆地，让这个原本只有沉默的礁石和成群的海鸟的地方，让这个原本只有原始的渔民和无边的海风的地方，成为"灯火十万人家"的海中城市。

到嵊泗列岛旅行，你根本不用担心，大海中间的地域远离了繁华都市，是不是会吃不好住不好。嵊泗是适合那些向往大海又恋恋不舍城市生活方式的人的。当然，如果真的懂了一个地方，你会发觉，它的迷人往往不在千篇一律的现代繁华中。嵊泗的好处就这么显现出来，比之其他岛屿，它十分巧妙地完成了现代文明和原初的海洋风貌的融合。

　　离开菜园镇,继续走环岛公路,嵊泗独特的地理风情将一步一步撩开它的面纱。你才知道,你并没有出现幻觉,并非到了一座大陆上的小城,你真的在海上的岛中。沿着环岛路继续往东,没多久就会邂逅基湖沙滩,这里被称为"南方的北戴河",亦是华东地区最大的沙滩。当你的脚踩上这片广袤而柔软的沙滩,你会觉得住在嵊泗是幸福的,可以随时扑过去拥抱洁白的浪花。再往东走,汽车要盘一段山路,你将到达大悲山景区,唐朝时这里也称为泗礁岛。公元943年,即有僧人在山上建资福寺。鉴真和尚东渡,有两次因风大浪急,而在大悲山等岛屿停靠,直到第六次才经嵊泗列岛完成大愿。有了这样的传说,大悲山就沾了许多佛的灵气。登上大悲山灵音寺,可以俯瞰基湖沙滩和南长途沙滩,俯瞰一座人间的城,而回转身来,又能听到大彻大悲的海上梵音。再往东呢?到了五龙乡的六井潭。六井潭位于泗礁岛的最东侧,面对苍茫的东海,怪石嶙峋,悬崖高突。那是看海的绝佳去处,目之所及,东海就在你脚下,它的蔚蓝,它的心跳和呼吸都那么切近,触手可及。如果赶上好天气,你一定不要吝啬你的睡眠,一定要赶在凌晨早起,再去一趟六井潭吧。在光明到来前,大海将为你捧出一轮新鲜的太阳。

　　嵊泗列岛就是这样的一个地方,上午你从现代的酒店出发,下午就站在了大海最原初的歌声里。在这里,你能遇见城市的繁华,也能邂逅大海的风情;你能在农家的院子里静享小家屋檐下的天伦之乐,也能在大悲山的钟鸣里听到仙界的梵音。你能在"山海奇观"的摩崖石刻里读出历史的苍凉,也能在面朝大海的都市生活里看见人间的温暖。

在嵊泗,你会遇见一段闲暇而轻柔的美丽二重唱。

东极列岛·极地风情画

东极列岛的故事要从一份珍贵的档案开始,浙江省档案馆特藏室内保存着一份编号为L030-236的档案。打开卷宗,映入眼帘的是一封用英文撰写的电传信件,此信是1948年4月12日英国驻华大使写给中国外交部的。

信中说,二战期间,一艘日本船只"里斯本丸号"载着2000多名英国战俘,从香港前往日本。1942年10月2日,船行驶至舟山外洋东极列岛一带,突遭鱼雷袭击而沉没。得知这一消息,东极列岛青浜岛、庙子湖岛、西福山岛的渔民悉数出动,竭力相救。最后救起了近300名英国士兵。面对这些饥寒交迫的战俘,原本生活拮据的渔民们表现出了令人动容的慷慨,他们将一个又一个战俘领回家去,将衣物拿出来,将食品拿出来,将一餐饭省下半餐出来,给这些素不相识的外国人……

有了这样的历史佐证,你是不是一下子对东极列岛产生了一份说不出的亲切感?确实,朴素的、包容的、开放的民风,孕育了独特的渔家文化。

尽管在东极列岛,有人居住的历史才180年。但他们用渔民特有的勤劳和智慧造就了自己的地理气质。

一到东极,你首先会被渔家人的石屋吸引,他们的房屋依山而建,全部取材于东极的石头。这些被海风磨砺、海浪击打的石头成了房屋最为坚实的骨骼,也成了渔民们世世代代最为坚实的依靠,它们挡住来去自由的风寒,也挡住大雨和仲夏的烈日。它们错落在起伏的山岙上,一站就是一百多年。这样的顽强有如东极人的品性,风雨不侵。这些石屋背靠嶙峋的礁石,面朝大海,排列开来蔚为壮观,从海上望去,就像一片瑰丽的宫殿。因此,人们称东极清滨岛南岙一带的石屋群落为"海上布达拉宫"。这一片海上的民居,显然已经成了东极文化里令人惊艳的背景。

除了石头造出的连绵的宫殿,你一定想象不到东极人还有更温柔的表达。这片岛屿上还孕育了一种独特的艺术形式——渔民画。在不大的东极岛上涌现了几十位各具艺术特色的画家,他们大多地道渔民出身,生在海边,长在海边。他们在潮起潮落里聆听了无数次海的话语,在风口浪尖领略了无数次海的性情,他们是真正读懂海的人。他们的作品也因了这份独特的领悟别具一格。这些画作以大海为背景,以渔家风情、渔民生活为主要题材,色彩鲜亮,风格率真,洋溢着朴素的民间气息,又不失现代派绘画的灵动和创意;极具绘画章法,又不拘泥于学院派的陈规。2011年11月初,舟山渔民画展在柏林中国文化中心拉开帷幕,这些来自东方大海边的画作,吸引了无数德国人的眼球。在劳作之余,在白昼之外,有那么一群土生土长的渔民,他们在橘色的灯下铺开画纸,把曲折的情意和对未来瑰丽的想象都挥洒在一方洁白上。有了这样的想象,你还会怀疑那些成天被风吹日晒,身上带着咸咸的海腥味的人们没有一颗温柔的心吗?

由于特殊的地理位置,东极列岛的几个岛屿也成了东海舰队士兵们的军营,有多少战士曾在这片茫茫大海中的岛上想念故园,想念亲人?有一位叫张焕成的小战士,来到东极的东福山岛,那年他不满18岁。在岛上,小战士和战友们开荒、种地、修建营房,他的心里充满了青春的向往,他写下了一首小诗——《战士们的第二故乡》。1963年,作曲家沈亚威到东福山岛体验生活,一下子发现了这首抄在黑板报上的小诗。他随手将诗摘录到了自己的笔记本里带回南京,觉得这首小诗作为歌词会十分适合。1981年,歌唱家李双江应邀在沈亚威作品专场音乐会上担任独唱,他唱了这首《战士们的第二故乡》,几乎一夜间,这首小战士写的歌红遍了大江南北。

东极列岛是舟山群岛最东边的岛屿,岛外12公里处就是公海,我想东极的名字大致跟这样的地理方位密切相关。在这里,你会见到最蔚蓝的大海,也会遇见一轴绵长的极地风情画。

东矶岛·海山风光赋

"东矶列岛在浙江省东部沿海,距临海市72.5公里,属上盘镇。位于北纬28°38′至28°50′,东经121°43′至121°56′,北临三门湾,南至台州湾口,东与渔山列岛相峙,由东矶等大小57个岛屿组成,面积18.3平方公里。扼台州湾出海口,地势险要,四周环海。"这是地理书上关于东矶岛的记载,不着任何情感的痕迹。而事实是,这成片的岛礁是足够撩动我们内心情意的,它的景致是自然书写的诗篇。东矶列岛风情,以东矶岛为最佳。如果整个列岛是诗篇,东矶岛则是最华美的章节,有雄浑的铺张,有写意的排比,有奇巧的比喻,有工整的对仗,有长短句,有令人激动的象征。

在这里,海蚀地貌呈现出巧夺天工的姿态。

乌沙头海滩东面,是观看海蚀地貌的最佳地点,沙砾火山熔岩在大海的侵蚀下构成奇特的地貌。如果你选择一个较高的岛礁,一个奇特的世界呼啦一下就铺展在你面前:峰峦雄伟,礁石林立,岩崖错落。当地人称这一带为"苏州园林",确实它有着园林的奇巧:这里是假山,那里是奇石,这里是小筑,那里是回廊。礁石或高耸突起,作春笋状;或匍匐于地,作卧牛状;或横排或竖立,或突兀或圆融。这样的布局看似随意,实则精心;看似无序,实则井然。你不能不惊叹,这是大自然的手笔,太白先生说,"大块假我以文章",确实自然是最高明的能工巧匠,千百年来,这海风这海浪,赋予了自然最奇妙的能力,筑山、叠石、理水……活生生地为我们捧出一座海上的"苏州园林"。

当然又岂止是苏州园林呢?天地沧海的杰作似乎还不满足于这一切。他们在东矶岛上尽兴挥洒。如果有耐心在这并不大的岛屿上漫步一周,你会惊叹于自然更大的手笔,你会在一座又一座奇礁异石前停下脚步,屏住呼吸。有些礁石如刀斧劈出,气势巍峨;有些礁石如画家的笔泼墨而成,恣意纵横。而鹭鹰尖、蹲狮吼、土地公、灵鱼岩这些礁石,光从名字里,我们就能想见诸多美丽的故事。赶上闲暇时刻,就坐在渔家院子里,听老渔夫给你静静地讲述这些遥远的美丽吧。

如果赶上落日熔金的傍晚,再去拜会这些礁石,你会恍然,自己怎么一下子走进了金色的油画?天边的云霞把美丽的金边镶嵌到每一块黝黑的礁石上,现在它们突然就获得了一种神奇的亮丽。

仿佛一个内心灰暗的人突然就被明亮的幸福唤醒了，所有礁石都在夕阳之下红光满面，熠熠生辉，它们都有了柔情和蜜意。

这时候，你一定要脱掉鞋子，慢慢地走向乌沙头海滩。海滩上并没有其他地方有那样细软的沙子，相反它铺满了光滑圆润的鹅卵石，你信步走去，你的双脚同时经受了一次最惬意的足底按摩。不要光顾了这一切，其实你还得让自己静下来，是的，让自己那颗在尘世里磨出茧来的心在这夕晖和海风抚慰下彻底地在胸中放平。这时候你一定会见到海鸥，它们那么轻巧地穿过风声和云彩，那么轻巧地越过各样的阻隔，你会发现其实你也可以做到，如果你具备了一颗轻逸的心，就有了一对能飞起来的翅膀。

而夜晚降临，最好有月华陪伴，你走进这海山的奇观中，此刻，它又将呈现出神秘的面容。月光落在水面上，像碎银一般，侧耳聆听，你会听到月光伴着海浪的私语，涛声拍打在礁石上，你的回忆将在何年何月醒来？

渔山列岛·海钓记

从浙江象山县石浦镇出发，朝东南方向航行约 25 海里，便能抵达象山最东南的岛屿，中国领海线基点所在——渔山列岛。渔山列岛位于猫头洋东部，由 13 岛 41 礁组成，全岛呈东北、西南排列，南北 7.5 公里，东南 4.5 公里，全岛面积约 5 平方公里，其中以南渔山为最大，常说的渔山岛指的是北渔山。

踏上渔山列岛，你心里的惊喜会从第一次呼吸开始，在尘土飞扬的城市，我们已很少能呼吸到这样纯净的空气了。当然或许你心里的惊喜会从第一眼见到的天空开始,在广阔大陆的上空,你也不可能遇见这样的蔚蓝,它是可以蓝到你的心里,蓝到你的梦里的。蓝天映衬着海水,顷刻间,你就会觉得自己的心绪像春风般荡漾开来,仿佛你的情怀也被这青天碧海放大了。

渔山列岛的迷人并不仅限于它的纯净,到这样的岛上你随处都可以遇见风景。你可以站在"远东第一灯塔"上远眺蔚蓝的猫头洋,你可以从居空横架惊涛之上的"仙人桥"走过,你站在那里看风景,看风景的人在海上看你。

这些都还不够,到渔山列岛,如果没有体验一把海钓的快意,你就一定虚于此行了。

那么我们一道出发吧,踏着晨曦或者踩着午后的浪花。戴上遮阳帽,带上钓具。大海在呼唤你。

渔山列岛岛礁棋布,峭壁林立,海水清流,气候宜人,浮游生物、贝藻类生物在这里大量繁殖,成为近岸性鱼类和岛礁性鱼类生长的理想海域。这里常年生长着石斑鱼、鲷科类等海钓鱼类品种,无论是数量还是质量,在国内都少见。除了一些常见鱼类,还有真鲷、黑鲷、黄鳍鲷、石鲷、黑毛、鲈鱼等15种名贵鱼种。

尤其是真鲷,在我国沿海岛屿,很难见到它们的真面目,而近几年却在渔山列岛海域经常能钓到5公斤以上的。据了解,只有渔山列岛海域的生态环境能生存大量的大真鲷。

渔山列岛全年海钓时间长达10个月,从3月开始可持续至12月,同时能进行矶钓、拖钓、船钓等各种海钓活动。

不管你是否是一位真正的垂钓高手。现在请你想象一下吧,坐在一块突起的礁石上把钓线静静放入水中,或许这块礁石只能容下你一个人,周围是蔚蓝的大海,远远地你能见到另一块礁石上也坐着一个垂钓者,他和你一样地入定。或许你坐在渔船的甲板上,船在海中轻轻荡漾着,你心无旁骛注视着洁白的浮标。当然你觉得小小的礁石不够大,那么你就去南渔山的五虎礁吧,你可以坐在黝黑的平虎礁上,把钓钩抛入白浪里,面前是平阔的大海,背后是陡峭的岩石,海的柔情和石头的坚硬都成为你置身的风景。当然你亦可以把钓点定在牛粪礁的3号位。上礁后举目远眺,渔山列岛全景尽收眼底。就这么静静地坐着,静静地等待鱼儿上钩,其实,鱼儿上不上钩又有什么关系呢?海上的清风,蓝天里的云彩,这不都是你想钓的吗?"醉翁之意不在酒,在乎山水之间也"。当然,大海是慷慨的,它怎么能让你空手而归呢,一不小心,一条海鲈鱼或许就蹦跳着落进了你的怀抱。如果运气好,或许还会是一条红色真鲷呢。

2003年"渔山国际海钓邀请赛"在渔山岛举行,四面八方的国内外海钓爱好者纷至沓来。据不完全统计,仅去年在渔山岛海钓的客人就达7000余人次,预计今年海钓游客将达到8000人次以上。渔山岛俨然已成为亚洲最具魅力的海钓之岛。

辑四

古人如月

舌头的灾难

韩非外表羞涩,内心奔放。

韩非天生结巴,笨拙的舌头总跟不上奔突的思想。他只好沉默,但他又是一个表述欲很强的人。有那么多灵动的念头和思想不停在脑海里闪回,他无法不说话。为此上天给了他一支流畅的笔,我相信这是上天为自己的失误表达的某种歉意。

韩非的文章纵横四海,行云流水,且立意深远,富有理性。他还是个讲故事高手,心里藏着无穷无尽的故事,那些高深莫测的道理,被他用一个小小的故事轻轻一点,立刻如一块干硬的压缩饼干变为上好的巧克力,柔软无比,入口即化。以至以他名字命名的文集一度在列国畅销不已。当时,韩非有众多热心读者,他们很多是韩非的粉丝,其中有一个特别的人——秦国国王嬴政。嬴政读到韩非的《孤愤》《五蠹》这两本书时,拍案称奇。他情不自禁跟身边的客卿李斯说:"这书写得真是好,是哪位先贤的大作?"李斯淡淡地说:"这些文字出自一个叫韩非的人,他并非古人,比我也年长不了几岁。"李斯说这话的时候,语气是不以为意的。嬴政听说韩非是自己同时代的人,他抚着手边的龙椅感叹开了:"要是我能认识这个人,死也无憾了。"这样的夸奖重了,而且它出自一向自视甚高、目空天下的嬴政之口,分量自然更不一般了。

李斯是什么人啊?他即刻意识到讨好皇帝的一次好机会来了。他说:"韩非是我同学啊,我们曾在楚国的荀卿处一道求学。"李斯其实并不很乐于向大老板揭开自己与韩非的这层关系。韩非的才学,韩非内在的光芒,他最了解不过了,这样的一个人在身边,就像在一颗星子旁放了一轮明月,这颗星子还会有什么璀璨可言?但既然皇帝喜爱,他又怎能错过讨好的机会呢?对李斯这样的职业政客来说,皇帝的需求就是他的需求,皇帝的爱好就是他的爱好。当然李斯也有自己的盘算,那轮明月到了他身边就不见得真成明月了。

嬴政是那种占有欲很强的人,他想得到韩非,采用的也是一贯的强者姿态。他放话出去说要派兵攻打韩国,为了一个人而攻打一座城的事并不少见,但争夺的对象多半是红颜知己或绝代佳人。为了一个自己欣赏的人才去攻打一个国家的事就少见了,嬴政真是韩非的狂热粉丝。不过还好,战争未及开打,一得知这个消息,韩王赶紧派韩非出使秦国。说是出使,其实意思再明白不过的,既然你想得到这个人,我们就乖乖地让他到你身边去,只要高抬贵手,别跟我们这样一个小国过不去就成了。

听到这个消息,韩非的心情喜忧参半。喜的是那个雄霸一方的嬴政居然如此赏识自己,看来会有一个大展宏图的机会了。忧的是韩王从前对他的 N 次上书进言都置之不理,如今大难当头,倒想起把他当作挡箭牌了。这正如他跟韩王痛陈的那样:"你们供养在身边的都是派不上用场的,派得上用场的都是从不被重视的。"这样的话委屈有之,不满有之,有着一针见血的无奈。韩非觉得自己又不是一颗棋子,韩王要摆在哪里就摆在哪里。

但韩非终究是一个有抱负的人,是一个有责任感的人。他梦想拥有一片让自己飞翔的天空,毕竟韩国的天空太小了,只能让麻雀试飞,绝容不下一只苍鹰的翱翔。而且他又那么热爱自己的家园和祖国,不可能坐视战争爆发。

韩非西行赴秦。那是一个春天,一路走来,春风和煦。秦国沃土辽阔,疆域宽广,有着一种春天般的生气,他觉得他的人生也一定会春和景明。

韩非到秦国后做的第一件事就是拜访同门师兄李斯。一来叙旧,其次呢,还有一个重要原因,就是了解一下嬴政的喜好。韩非最懂得为人臣子开口说话的艰难和不易。该如何说话,如何表达自己的思想,这是他多年来致力研究的课题,并且他还写了一篇叫《说难》的文章,入木三分地传达了说话难、难说话的意思。他说的"说难"并非指口吃,而是表达的思想如何被君主接纳,如何在保持自己立场的同时又保护自己。他打过一个很形象的比方,说大家都称帝王为龙,而即便是龙这样威力无穷的动物,有智慧的人也是有办法收放自如驾驭它的。只是龙的脖子处有一片逆鳞,一旦碰到它的逆鳞,你就死定了。有智慧的人一定会避开这片逆鳞。

显然,韩非将拜访李斯当成一件极重要的事。

李斯的心情是复杂的,有隐隐的担忧,有些许的无奈,唯独没有他乡遇故知的喜悦。

但见到韩非,他还是强装了一副高兴样,在府中备下酒菜为韩非洗尘。其实如果韩非稍微细心观察一下,也许就能看出些异样,李斯的热情毕竟有点像温了好久却不热的水。但敏感的韩非那天却被见到老同学后一厢情愿的喜悦弄得晕晕乎乎的。

两人喝了几盅酒,韩非开始切入正题。跟李斯说:"你现在是秦王身边的红人,没有人比你更了解嬴政了。跟我谈谈他吧?"

李斯说:"嬴政喜欢直言相劝、富有独特见解的人。像你这样的人,他是欣赏的。"李斯的话简短凝练。

韩非并不知道话中深意,心里一阵欢喜,暗暗对自己说,看来这次是来对了。

"那么我该从哪个角度给嬴政一个独特而富有价值的提醒呢?"

"这个……"

李斯沉默了一分钟,其实他心里是早有盘算的,只是需要用恰当的语言将这个"有价值"的提醒恰到好处地传达给韩非。

"秦王这个人尽管霸道,但总体还是比较讲道理的。他非常有政治谋略,不过这几年,随着年岁渐长,我觉得他倒是有一个劣根性暴露得越来越彻底了。"说到这里的时候,李斯停顿了几秒。

韩非侧耳倾听,有分量的话就要来了。

"那……那……他……他的劣根性是……是什么?"

韩非开始结巴了,李斯明白韩非开始激动了,他一激动就结巴得更厉害。

"秦王最大的缺点在于他过分迷信鬼神,为了长生不老,他几乎被那个装神弄鬼的徐福弄得丧失判断力了。再这么下去,必定会祸国殃民。"

说这段话的时候,李斯的语气里有七分坚定,还有三分痛心。

韩非怔怔地听着,他觉得自己看到了秦王的软肋,他觉得自己明白了秦王需要的是什么。

这是韩非单纯的地方了,他那么聪慧的人,却无法绕过李斯的陷阱,或者说他的心那时候是敞开的,根本没想着设防。悲剧的种子就是这样一点一点埋下的。

那个夜晚,韩非留宿李斯府中,到很晚,他才怀抱着梦想睡着了。

第二天一大早,韩非起床了,他穿上了一身正式服装。今天是他见秦王的日子。说白了这是一个面试的日子,面对一个无比牛气的雇主,韩非不得不精心准备。

韩非跟着同学李斯一道进入秦宫,觐见秦王。

秦王见韩非面容清秀,目光中藏着深邃之气,心里暗想,果然名不虚传。

寒暄之后,秦王说到了韩非的著作,说到了韩非的文采。然后他郑重地问韩非治国之道。

韩非知道这个问题是这场面试的关键。很快地,那些他思考了许多时日的观点马上挤满了脑子,一条一条像一群骚动不安的困兽急切地想要跳出来。它们挤啊挤,都挤到了韩非嘴边。好辩的善辩的雄辩的韩非就在那一刻突然不知道该先放哪句话出来了。或者说那么多想说的话一下子堵在他嘴里了,把他的嘴堵得严严实实的。他徒张着嘴却"我……我……我……"什么也说不出来。

后来韩非很努力地终于说完了一句话,已大汗淋漓。汗水从额头渗出来,慢慢地向脸颊上滑。静立在旁的李斯将这个细节看得清清楚楚,他的嘴角禁不住扬起了一缕笑意。但这缕笑消失得很快,就像有人在平静的湖面投入了一颗指甲盖大小的石子,顷刻间湖上的涟漪就不见了。

韩非急了,韩非一结巴就急,一急,更结巴。

秦王挥手让他停下来。

他深深地吸了口气,让自己慢慢镇定下来。这时他记起了昨晚李斯说的话,他想聊点秦王感兴趣的话题,给秦王一些有利的忠告,也许他会感兴趣。他说起了求仙拜佛,说那是虚无缥缈的事。他根本不知道这是秦王最不愿听到的话题,固执的秦王根本不理会这样的告诫,相反对那时的秦王来说,否认神仙存在,等于在撕裂他长久以来那点好不容易找到的念想。

还没等他讲了几分钟,秦王再次挥手打断了他的话。这一次,他的手势挥得坚定而有力,还带着几分厌烦,像要赶走一只苍蝇。尽管隔着不远的距离,尽管有些近视,韩非还是清清楚楚地看到了这个手势,他知道一切都被这么挥走了。

一种浓重的悲哀无端地涌上了韩非的心头。

二十分钟后,秦王让韩非下去了。

那个上午的那场面试,成了韩非疼痛无比的煎熬。

仅仅二十分钟,如此短暂的会面,却是韩非生命中无法跨越的一道坎。

秦王跟李斯说:"看来偶像是不能见面的,一见面就很容易见光死。他这么个说话方式,我简直受不了。每天什么都不干,我光听他说一通话就得累死。"李斯说:"韩非从小就有胆小的毛病。他就是有一套一套的理论,如果真让他做个大事,他自己就先把自己给吓趴下了。昨天晚上,半夜三更他还来敲我的门,说睡不着觉,明天见秦王让他心里很没有着落。今天,果然没出息到这个地步。作为学弟,我心里替他汗颜啊。"

秦王听李斯讲完这些,长长叹了一口气,什么话都没说。

如此迅速,仅仅二十分钟,一次结巴就将韩非所有宏大的梦想断送了,说话真是不易啊,结巴的韩非说话就更难了。

韩非只好寄居李斯家,可是不出两日,他就被捕了。逮捕他的并不是秦国警察局的人,而是国家安全局的人。这事情就大了,因为只有犯上作乱,企图颠覆国家政权的人才会被国家安全局盯上。就这样,韩非刚到秦国,一切未开始,就莫名其妙锒铛入狱。

事情并不是无风起浪的。面试后的那天晚上,李斯回家后,又连夜进宫去见秦王了,他说:"皇上,有件事情我寻思良久还是得告诉你,韩非昨天和我聊了一宿。他说韩国目前面临的最大威胁是秦国,他真为自己的故乡和祖国担忧啊!"听到这话,秦王马上来了精神:"真有这样的事?"李斯说:"是的,韩非是我学兄啊,以前我们情同手足,我是多么希望他别这么想,可是为了秦国的江山社稷,我寻思着这事不得不如实禀告皇上您啊。韩非出身在韩国贵族世家,他是韩国的皇亲国戚,基于这样的一层意思,我倒是担心韩非会不会是韩国派来的间谍?"

"那怎么处置他呢?"一向雷厉风行的秦王有些迟疑。

"放他回去,等于放虎归山,还是先关起来吧。"李斯一脸严肃。

一个星期后,李斯去狱中探望韩非,带着一壶酒。李斯直截了当地说:"这个酒是秦王赐给你的,他不忍心用秦国严厉的刑法惩治你,就叫我给你带了毒酒,让你自行了断。"

韩非不肯喝,一个星期的日夜反思,所有陷阱此刻他都已心知肚明。他质问李斯:"我犯了什么罪,何至于此?是你想让我死吧?我要面见秦王,和他把事情说清楚。"

但这样的机会是不会降临的,韩非已掉到了李斯为他设置的万劫不复的深井里。除了无望,除了冰冷的死亡,他还能等来什么呢?又过了一个星期,李斯再次提着一壶毒酒来探监。这一次,韩非没有拒绝。

喝酒之前,他说了最后一段话,这一回,他没有结巴,语言流畅得让李斯的心都颤抖了:"善于攀援的人总是命丧绝壁;善于游泳的人,总是身葬江河;而实施刑律的人,总是身陷牢狱。我韩非明明知道说服别人是一件最难的事,又何苦争着赶着到秦国来呢?"

说完他决然地喝下了那壶毒酒。

他的话让李斯心里空落了好长一段时间,李斯明白在韩非身上又何尝看不到自己的命运呢?但李斯最后还是同样坚决地走进了别人为他设置的陷阱。在钩心斗角的年代里,谁也逃不出谁的掌心。

秦王其实并不想处罚韩非,尽管他是那种从不动恻隐之心的人,但这一次还是有点意外。一个月后,他想起了那个关在监狱里的人，于是问李斯。

　　李斯说韩非服毒自杀了。

　　秦王愣在了大殿里。他盯着殿外的斜阳，好久才回过神来。

临渊羡鱼,退而剪网

有一天,天气晴朗,清风微熏。淮南子到河边散步,找了一块平滑的石头坐下来,面朝一池清澈的流水,当时的水真清啊,阳光像金色的花瓣落在水中。一束透亮的风在水面停住的时候,便能看到水底光滑的卵石。

淮南子看着卵石发了会儿呆,心想:这卵石要不是在水里,哪能出落得这般精致乖巧。亏得水流年复一年百般打磨才有了今天这番模样。时光和流水真是世间最锋利的东西,可以磨平一切尖锐的棱角,包括人们内心的锋芒,柔软中暗藏着强大的力量。

正当淮南子这么想着的时候,有一群鱼游进了他的视线。起先,他只为鱼的那份自在感动着,觉得鱼其实也像自己一样,找个春暖花开的日子出来散散步,还真是会挑时候。不过就在这时,一尾看起来十分肥大的鳜鱼悠闲地游了过来,这种鱼的子孙们后来也游进了唐人张志和的视线里,也游进了清人孙原湘的诗中:"昨夜江南春雨足,桃花瘦了鳜鱼肥"。显然鳜鱼在淮南子的时代也是没有学会减肥的,要不然它不会这么身材丰硕地出现在淮南子面前,也就不会让淮南子有其他的想法了。

春末的鳜鱼比起冷冬的那些日子确实肥了好几圈。淮南子看到鳜鱼的时候,肚子突然就有了些异样,倒不是因为没吃早点。早上出来的时候还是喝了碗挺稠的米粥的,只是突然想起了去年春天吃过的那条鳜鱼,味道实在鲜美。尽管中间有一年之隔,今天一见鳜鱼,没想到味蕾的记忆还如此清晰。看来舌头有时要比脑子管用,他不禁心里有了一声感叹。不过那只是一瞬的事情。接下来淮南子便想着该捉条鳜鱼吃了,显然他没有那个叫吕尚的老头子那么好的钓鱼技术,不用鱼钩和蚯蚓,鱼儿自己就会咬着钩死死不放。他想到的最简单的方法就是结网,那些冬闲的日子里倒是在家里看过隔壁邻居织网。淮南子是那种有时候懒懒散散,有时候又雷厉风行的人。当然这个全凭兴趣了,想起去年的美味,他的兴趣盎然了。

淮南子回到家,折腾了近两个小时,最后汗流浃背地背着一张粗糙的网出来了,不过网眼倒是结实。他也不太会捕鱼,但当时水里的鱼还真是多,所以淮南子一网撒下去,隔了一会儿将网拖上岸来,还是网到了五六条鱼,其中有一条正是鳜鱼。他看着网中的鳜鱼,暗自咽了一口唾沫。当晚淮南子就将那些鱼煮了,还特意舀了碗黄酒。很快地,他的舌头就找回了去年春天的记忆。"春天的鳜鱼味道真不错。"这是他想写在自己的日记里的第一句话。但后来想想一个哲学家写出这样的句子来未免有点庸俗,于是笔锋一转,白色的纸上就有了这样的一个句子:"临渊羡鱼,不如退而结网。"好歹这顿美味没有白吃,还悟出了这么个颇为实用的道理。

这是我杜撰的淮南子的故事。其实要是放在今天,当淮南子打开电脑,点开自己的博客,写每天的新日志的时候,他就不会写出这样的句子。毕竟这个时代不一般了,别说鳜鱼,在河里,就是鲫鱼也找不到了。他那样的人,心里一定是充满了忧思的,一定会一天天地去寻找清澈的流水,就像要寻找清澈的智慧一样。有一天,坐了好多趟车,走了好多路,他还真的见到了一条清可见底的河,就像自己童年时见过的邻家女孩的眼睛一样。那条河里,一群鱼自在地嬉戏着,那么无忧无虑,脸上没有写着忧伤,心里也没有写着泪痕。淮南子被它们的样子打动了,久久地在那条河边徘徊,不愿离去。鱼儿的美丽生活让他深深感动了。那天晚上回到家已是商店打烊时分,他也顾不得吃饭,先是到杂货堆里翻出了好些年前织就的一张渔网,拿起一把剖鱼的剪刀将网剪得粉碎。然后他又在故纸堆里找出了很多年前一本泛黄的日记,把那上面的一个字给改了。晚上打开电脑,照例写他的博客。他写的第一句就是:"临渊羡鱼,退而剪网。"

淮南子是明白的,美本身有着一种震慑力,能唤醒人的良知,比如那一河清澈的水和自在的鱼,让爱吃鱼的他突然觉得不再忍心捕鱼了。毕竟鱼儿是盛开在水中的花,你让它们离岸,它们就会立刻凋零。显然"退而剪网"这四个字令淮南子喜爱有加。

其实更多的时候也是一样,如果觉得美丽,如果希望拥有,那么就轻轻地往后靠一点,把你企图捕获的姿态收起来。真正的美丽,不是握在手心的;真正的拥有,也不是绝对占有。在空出来一段适合欣赏的距离后,让美本身自在尽情舒放,我们才得以领略到真正的美。

蓝墨水的上游是汨罗江

公元前278年,春天最盛大的时刻。楚地汨罗江畔,着一袭青衫的身影走来。那是屈原,他踏着一地春色,从清晨行到日暮,露水沾湿了他的衣衫,阳光又将露水蒸腾了。他看不到一丁点的春光,他的故国正遭受前所未有的寒流。

这是最后一次了。他曾在这江边徘徊过无数次,看过江上的晨阳,看过暮色中的归帆。他也曾顺流而下,到达烟波浩渺的洞庭湖。山川大地,黄天厚土,古楚国的山河是一部厚重的史书,也是一卷情思无尽的诗集。屈原走过、读过,用整颗心的热量爱过。此刻,他深爱的土地,正被入侵者的铁蹄肆意践踏,秦将白起的军队已攻破楚国都城。这一年,国家到了生死存亡时刻,国破家亡,生灵涂炭,眼看大好河山即将易主。屈原有心爱国,无力回天。他一次又一次被奸佞排挤,他竭力推行的强国策略一次又一次付于流水。他经历了生命里一路的颠沛流离,遭遇过无数寒霜,遭遇过无数冷遇,也承受了诸多的讥诮,只因他深爱这生他养他的土地,只因他眷恋这故国的山河,这山河上无涯的时光。日月经天,江河行地,他多么希望汨罗江水流过的地方，永远都是泱泱楚国的王土。但终究守不住了，他全部的希冀、他毕生的心血都像沉入江底的石头，没有留下任何痕迹。

五月初五，终是走到了最后的时刻，屈原心意已绝，既不能力挽狂澜救国家于倾颓之际，又不能以一介书生之力击退几十万敌军于郢都城外。他愿意成为一方白璧，沉入汨罗江底；他愿意成为一朵浪花，日日夜夜守望故国的两岸。五月初五，春光盛大的时刻，三闾大夫屈原、诗人屈原怀抱香草和石块，纵身跃入了汨罗江，死在这条自己深爱的江中。汨罗江，它是楚国的母亲河，屈原死在了母亲的怀抱里。

五月初五，一个诗人跳入江中，他用自己的死昭示一颗赤子心的永生，他用自己的死昭示一个强国梦的永存。五月初五，因为这样的昭示，后来的人们理解了屈子的矢志不移，山川日月、江河大地也理解了屈子一腔炽热的爱恋。五月初五，一个节日应运而生，人们要用最隆重的方式纪念一位国家的诗人，纪念一位人民的诗人。理想主义者屈原，怀抱着人民的强国理想，擦亮了古中国的气节。锣鼓敲起来，龙舟划起来，彩灯扎起来，艾草和菖蒲挂起来，甘洌醇香的酒斟满五月的酒杯……人们要用最隆重的方式，为子立一世的诗人招魂：魂兮归来，人民的诗人；魂兮归来，人民的理想主义者。我们要让你看看，你的一腔深情都化成遍野芳草，绿遍天涯。

屈子不死，他活在一个节日里，活在千万人的传说里。屈子不死，他的魂魄已融入源远流长的汨罗江，三百里汨罗江永不干涸，日月常新，流进了两千年后每一个炎黄子孙的血脉里。

屈子因汨罗江而死,汨罗江因屈子的死而万古长流。汨罗江从《诗经》和《楚辞》里发源,从《离骚》和《天问》里发源,它的声音注入每一条清澈的中国的河流里,它的浪花涌动在黄河里,它的云影徘徊在长江上,它的脉搏与心跳和钱塘江有着同样的节拍。

汨罗江的呼吸响在中华民族的每一寸土地上。

汨罗江同样也流入厚重的中国文化史。它流入了唐诗,让诗句像香草一样芬芳四溢;它流入了宋词,让词句像行云一样流畅挥洒;它流入每一张书案上的砚台里,让满纸的烟岚都氤氲着性灵;最后,它注入蓝色的钢笔里,让每一枚方块汉字都保有古老的贵族气度。

借助着生命和自省的力量,借助着生生不息的繁衍的力量,借助着节日与传统的力量,屈子活了两千三百多年。他活在杜甫的忧戚里,活在柳宗元的背影里,活在辛弃疾的悲愤里,活在文天祥的无望里,活在闻一多的怒火里。多少年过去了,江流千古,屈原不死。

又是春天,又到端阳,让我们坐在故园的门槛上,坐在菖蒲和艾草飘香的庭院里,和孩子们一道诵读一段诗意的童谣:"粽子香,香厨房;艾叶香,香满堂;桃枝插在大门上,出门一望麦儿黄;这儿端阳,那儿端阳,处处都端阳。"

杏林春满

怎样的事业才是让人满意的？怎样的事业才让人满心骄傲？

三国时，吴国有位医生叫董奉。董医生医术相当高明，已到妙手回春境界。但董医生看病，追求的不是钱财，不是累积下多少金银和田地。这些他都不看重。董医生甚至想过，找他看病是不要钱的，你看他的药都是中草药，遍布山野，得来也并非很难，他只需维持简约而清淡的生活，便很好。

治病救人，是董奉的理想。可如果这样，又似乎有些欠缺，药到病除后，人们悄然走了，这倒也没什么，也是他所希望的，但他的事业似乎看不着痕迹了。

有一天，董医生想到了一个绝妙的办法。他对患者说，到我这里看病不用钱的，你们也不用心里挂念着那点报酬。这样吧，一旦病愈，就在我诊所门口那片空地上植几棵杏树，大病的植五棵，小病的植一棵。

话说出去没几天，董医生诊所门口开阔的空地上，渐渐有了几棵杏树的身影。很快地，越来越多的人扛着树苗走来，他们是那么乐呵呵地做着这件事,董医生的救治之恩,本来就难以回报。现在这几棵杏树成了他们心里的念想,他们觉得一定要种好,让杏树在董医生诊所门口茁壮成长,这代表他们的感恩,代表他们的心意。杏树越来越多了,开始是几行,然后是一片小树林,再接下去小树林又壮大开来。董奉每天晨起,都会走到这片杏林里去,静立在晨曦初降的树旁,看着树叶上珍珠般的露水,他觉得这就是他的事业。他活着,每一天都在创造价值,都在减轻或消除他人的痛苦,以此来衡量,他感觉到了生命的质量。于是他就满怀希望地从杏林返回,新的一天,又该有多少病人在等候他。

一天又一天,一月又一月,你可以想象,董医生治好了多少人呀!十几年过去了,诊所门前的那片空地成了一片庞大的杏林,十几万棵杏树在天空下齐刷刷站立着。风吹过,树叶如绿色的涟漪荡漾。这片杏林,成了当地最美的风景。既然是风景,董医生就要做一个看风景的人。他索性在杏林中间盖了一座草房子,住到那里去。他已经将自己的事业变成了一道风景,还有比这更让人欢喜的事吗?董医生的草屋坐落在杏林深处,他足不出户就身处杏林包围中。夜晚,他看见月光在杏树的枝丫间穿梭,像银亮的琴弦;雨天,他坐在草屋里,听雨打杏叶,风吹过去,风雨就在一片翠色中交织成歌。而春天呢,那是最好的时刻,多么盛大的花事啊!十万株杏数,十万树杏花,在相同的时节前赴后继地赶来,它们在枝头悄然的诉说也能汇聚成潮水的声响。十万杏花吐露的芬芳,十万杏花点亮的春天,让董医生的心每天都充盈着幸福。他其实是最富足的那一位,庭院里有十万杏花,他拥有最丰厚的春天。

但董奉的心愿并未止于此,就像十万杏树并不只是风景一样,它们还捧出满树的杏子。那么多杏子,怎么处理呢?一家人是吃不完的,送给街坊邻居亲戚朋友也是吃不完的,那时候也没水果市场销售杏子。董奉想到,这些杏子也许能成就更大的抱负。有一天,董奉对所有认识的人说,树上的杏子,结得那么好,你们想要的就去摘吧,不过摘一盆杏子,你们往我的米仓里倒一盆米吧。

入夏后,杏子黄了,有很多人去摘杏林里的杏子,董医生并不过问这事,他还是忙着给人诊病。但就是这么不闻不问,董奉米仓里的粮食却一点也没少,摘了杏子的人自觉自愿地把米倒入董奉家的米仓。没过多久,像溪流汇成了江湖,董奉家的米仓有了几万担大米,白花花的米,像一座山。正在人们疑惑时,董奉觉得时机到了,他适时将米仓打开,把所有粮食都分发给饥肠辘辘的穷人。一年又一年,在凉秋,在寒冬,杏林旁的米仓都会适时打开,不知有多少人获得了董奉的接济。穷则独善其身,达则兼济天下,董奉并非发达之人,但他确实接济了无数落难的灵魂,他懂得让宏大的心愿变为现实。

一个人让事业成为风景,让风景成为秋天的收获,再让满仓的收获散发出强大的力量,而他自己则静静地坐在草屋里安享时光。大爱无言,董奉用博大的心赢得了最美的春色,这有多么好!

我想起我的父亲,他也是一位医生,每回给别人看好病后,人家说徐医生我该怎么谢你,父亲微微笑,不用谢了吧。但他们不依不饶,一定要谢呢。父亲说,那就给我一面锦旗吧,写一句真诚的话。当然患者们没那么诗意,他们通常在锦旗上绣一句赞美的话,比如"妙手回春""救死扶伤"之类，父亲一定也很欢喜的。那些都是自己一手治愈的病人，这是父亲的骄傲。

那时，父亲小诊所的墙上挂满了锦旗，今天我才理解，那是父亲的荣誉。

那一声温暖的驴叫

魏晋时代，人与人的情感大抵是真诚的，人们真实地爱，切肤地恨，大胆地选择，果断地丢弃，率性而为。那个遥远年代，有着诸多政治上的杀伐，有钩心斗角的算计，但也有自在的空气，让许多心灵在时间里舒放。

隔着久远时光，在秋天的阳光下，我把历史翻到魏晋那一页，许多人物的表情都在故纸堆里渐渐清晰起来。我的目光小心翼翼地探寻，我的手指轻轻悄悄地追问。在泛黄的纸页间，我忽然听到一声驴叫，清脆响亮，温暖至深。

1

王粲和曹丕是至交，王粲去世，曹丕心痛不已。王粲下葬那天，尽管天下着小雨，其时，已是魏文帝的曹丕和一大班文武官员还是亲临葬礼。当时许多人痛哭流涕，用眼泪表达着对死者的悼念和敬意。曹丕也不掩饰自己的悲伤，王粲是建安七子中成就最高的一位，曹丕为天才的离去伤感，更为一位知己的离开深感悲痛。

葬礼现场，每个人都带着自己的肃穆，流着相同的眼泪，尽管眼泪背后各有心思。只有曹丕，在悲伤以外，想到更多的是王粲的一生，王粲风华绝代的文字，王粲的爱，王粲的恨。就在曹丕陷入回忆的时候，忽然有一个念头强烈地抓住了他。他想起了王粲心爱的坐骑——毛驴。是的，王粲一生爱驴，有多少次，人们看见他坐在驴背上，慢慢悠悠地走来。曹丕心里深深地烙着这样的印象，每回，驴子笃实的蹄声在窗外敲响，他便知王粲到了。就为这事，曹丕曾经跟王粲争论过一阵子，他对王粲说："先生是当今名士，至少也得弄个像样的坐骑。别说多少多少匹马拉的车，至少也得有匹好马吧，毛色纯正，高挑健硕，动如脱兔，静若处子。这样的马才配得上先生俊逸的心啊。"

王粲笑而不答，过了一会儿，才说："你说得对啊，但驴子实在是一种性情温厚的动物，踏实而隐忍，缓慢而从容，这是我所能看到的最忠厚的朋友了。而且我觉得坐在驴背上的姿势，是一种有利于思考的姿势。马跑得太快，而牛过于木讷，这都不是思想需要的节奏。"曹丕这才知道，亲近驴子，从某种意义上说是王粲面对自我生命的一种姿态。

曹丕还想起了王粲常常独坐院子里，或者走到田边地角，一坐就是一下午。不是发呆，不是看风景，而是静静地倾听驴叫。对王粲来说，一声驴叫，就是一句温和的话，一行朴素的诗，一种内心的回响。对王粲来说，一声驴叫，更是一种亲近大地、掌心向下的姿势，更是一种卑微生命散发出的光亮。

葬礼尾声，众人请文帝致辞。曹丕一脸严肃，他的话简单有力，他说："大家知道先生生前的最爱吗？"一石激起千层浪，人群中有了些微的声音,显然众人都在脑海里努力搜索着讯息,却没人知道一个确切答案。

"也许,你们忽略了。但今天,我却深深地记起来,王粲先生一生最爱的就是听驴叫,驴叫声对于他来说一定意义非凡。今天,我们都在这里,沉痛地悼念一个伟大的灵魂。那么就让我们每个人都学一声驴叫为他送行吧,相信有驴叫声陪伴,先生亡灵一定会欣慰上路。"

这番话说得颇有内涵又掷地有声,更何况还出自当今皇上之口。于是那个上午,在王粲的墓前响起了一声声驴叫。用这样的方式,送一颗伟大的灵魂远行,估计只有同为诗人的政治家曹丕才能想到。

2

无独有偶,晋代的另一位文学家孙楚,一生自负,从不轻易将谁放在眼里。但他唯独敬重王济。

在他年少轻狂时,曾多次嚷嚷着要去隐居。王济问他隐居理由,他说了一句当时人们口头非常流行的话:"我隐居是为了漱石枕流。"其实,那句原话是"枕石漱流",也就是在石头上睡觉,用泉水漱口的意思,这是隐士们对野外生活的臆想和诗意描绘。当时孙楚一知半解,故作深沉就变成"漱石枕流"了。王济听后大笑不已,他反问:"你枕着泉水怎么入眠?用石头怎么漱口?"孙楚一时犯窘,却口不饶人:"我之所以要枕着泉水睡觉是为了洗亮自己的耳朵,而用石头漱口是为了磨砺自己的牙齿。"王济听了,笑得东倒西歪,肚子都疼了。

那是少年不识愁滋味的孙楚,往后,他才真正领悟到王济的博大和深刻,也才真正地理解了一个师长和知己对于自己生命成长的重要意义。他孙楚可以傲视群雄,可以粪土万户侯,在心里面却一直端端正正地放着一个位置,这个位置是留给王济的。我们说,每个人心里都要有自己的敬畏,这样,生命的风筝才不会挣断了线,轻飘飘地不知所以。于孙楚,王济就是他的敬畏,他生命的砝码和标杆。

王济去世,吊唁者众多,最悲痛的莫过于孙楚。他扶灵痛哭。他一哭,其他人也被感染了。眼泪很多时候是具有感召力的,一个人的眼泪往往会唤醒更多人的眼泪。等孙楚哭完后,抽泣声渐渐沉落。孙楚从悲痛中缓过神来,他对着灵床说:"先生生前一直喜欢听我学驴子叫,今天我就为你再叫一次吧。"说完,他便旁若无人地叫唤起来,他的声音惟妙惟肖,确实像一头驴子。只是这驴叫声带着说不出的心痛,与其说是驴叫,不如说是一种悲鸣,有如一根琴弦失去回响后的苍凉无助。

在场的那些社会名流都禁不住笑了。葬礼是多么肃穆庄严的事情啊,按理说是不能笑的,但那些达官显贵、文化名人们真的忍不住了。于是,场面变得有些滑稽了,有人捂着嘴巴,笑从手掌里哧哧地漏出来;有人憋着气,笑从肚子里一下子蹿了上来;还有人转过身去,面朝墙壁,但他们的背却一抖一抖地泄露了自己的笑。在他们的眼里,这个孙楚真是太搞怪了,在这种场合居然弄出几声驴叫,这不是存心逗乐吗?

但在孙楚的眼里，所有的面孔和这些面孔背后的悲伤都那样虚假造作，他鄙视所有虚假的眼泪。所以最后他甩下一句话就走了："今天死的怎么不是你们这群人，而是王济呢？"

所有人都气得要吐血。

这一声驴叫让我看到了孙楚的率真，他的悲伤他的表达皆因了自己的内心，所有世俗的偏见都不值一提了。

3

晋代的另一位名士戴叔鸾也常常在家模仿驴叫。不过，他倒不是为了纪念哪位亲朋，而是因了自己的老母亲喜欢听驴鸣。空闲时，他坐到母亲面前，就时常模仿驴叫，以此让老母亲一乐。

这真是些有意思的细节。驴子，那么令人不屑，那么卑微的动物，它的叫声却留在历史的某一行里。很多年后我们走在荒凉的世界中，马路上只有汽车的轰鸣。这个秋天，我在一本史书的角落里听到它们正温暖地冲我叫唤，击中了我心里某一个柔软的角落。

太守与鱼

那时候,羊续还不是太守,他只是一个懵懂少年。羊续喜欢钓鱼,经常背着钓鱼竿,独自走到水边去。有时候是一条静谧的河,开阔处水面深邃,临岸的地方水草丰美,他安然地坐在一截老树桩上;有时候是一个丰泽的湖,像一面巨大的明镜,天光云影尽在其中,他会选择一块光滑的石头,一晃半日时光过去了。

羊续并不懂钓鱼之道,他只是图个好奇心的满足,觉得在看似平静的水面下,有那么多可能,鱼竿一甩,不知会有什么奇迹出现,真是一件特别的事。当然,还有一个原因,羊续特别爱吃鱼,因了家境贫寒,他们家并不常能吃到鱼,鱼肉的美味对清贫中的嘴巴来说是至高无上的。羊续就自己动手,帮家人和自己实现这口腹的念想。不懂钓鱼的羊续也并不常能钓到鱼,只是偶尔的收获,会让他格外欣喜,也只是偶尔的收获,吸引着他时常背着钓鱼竿出去晃荡。

直到有一天,羊续在那片经常光顾的湖边碰到一个年轻人,比羊续大不了几岁,可看起来要成熟得多,已有了那种深藏不露的智慧。羊续这才明白了钓鱼的学问,这看似平静的举动背后有着颇具意味的生命哲学。羊续的鱼竿就搁在年轻人不远的地方,坐了近半个时辰却没有一条鱼上钩,而近旁的年轻人,一旦甩开鱼线,不到几分钟工夫,鱼就上钩了。接着年轻人再次甩开鱼线,不一会儿,鱼又上钩了。这样钓鱼,旁人看着也喜滋滋的。羊续开始只是心里羡慕着,随后索性收了鱼竿,坐到年轻人身旁。

"钓鱼的秘诀是什么?"羊续真诚而又怯生生地问。

"在于心静,垂钓者心里想着鱼,却要不动声色。古人说放长线钓大鱼,也是这个道理,要让鱼以为你并不是在钓它,你只是给它奉送美味的大餐来了。这样鱼才能放心享用,垂钓者也才能心想事成。"年轻人一副安然自得的样子,仿佛自言自语。他的话不紧不慢,却透着自信,透着洞悉世事的智慧。

这话少年羊续似懂非懂,但他似乎能品咂出里面的深意。他继续问:"什么样的鱼最容易上钩?"

青年并不马上回答,而是静默地凝视着水面的湖光,看着风在水面上滑过去,他才开口:"最容易上钩的鱼,往往是最贪的鱼,它们不愿到更偏僻的地方找食物,不愿自食其力。因为贪,所以这些鱼丧失了判断力,丧志了抵御诱惑的能力,它们很容易成为别人案板上的鱼。"

许多年后,羊续还会时常记起年轻人的这番话。钓鱼,看似如此简单的一件事,其实藏着某种人生的深意,尤其在这个巧取豪夺、相互算计的世界上,每个人都是垂钓者,每个人又都可能变为别人鱼钩上的鱼。

世间的事情巧得很,羊续后来求学入仕,居然碰到了那个钓鱼的年轻人。不过那时,这个神秘的年轻人已不再有时间坐在水边安然垂钓,而是做了一方大员,他不再是过去那种俊逸的模样,他腆着肥大的肚子在豪华的酒桌上吆五喝六,他怀抱曼妙的女子红光满面地从舞榭歌台旁走过。羊续一开始怀疑自己的眼睛,后来渐渐了解了他的履历,便只能叹世事难料。现在,那个睿智的垂钓者丧失了年轻,同时也丧失了智慧,羊续怎么看,怎么觉得他已经不可能再是垂钓者了,而是成了鱼,一条很大很肥的鱼。他游走在灯红酒绿的浑水中,觉得自己长袖善舞,泳姿绝妙,但不知道周边落着多少诱饵,更忘记了有多少眼睛盯着自己,有多少心思想着让他上钩,把他钓上去,他们好把他的权力从肥厚的身体里慢慢剥离出来,以尽情享用。每回见到他肥头大耳、腰圆膀粗的样子,羊续就替他心寒,一条那么肥又那么贪的大鱼,怎么挡得住那么多剪不断、理还乱的长线,挡得住那么多在暗地里闪着寒光的钓钩?

果不其然,没多久羊续就听到这条大鱼出事的消息:他无尽的贪欲和搜刮最终震动了高层,一夜间被打入大牢,几天后就命丧黄泉。

往后,羊续的仕途越走越开阔,他做了南阳太守。他越来越深刻地体会到鱼与垂钓者的关系。羊续上任不久,府臣焦俭见太守生活清简,尤其是伙食,总是青菜萝卜,甚至都难见油星。焦俭有点看不下去,他是真心关心顶头上司,差人打了一条白河鲤鱼,亲自送到太守羊续家。白河鲤鱼是南阳最名贵的特产,这真是一条好鱼,足足半尺来宽,放到大水缸里,立刻扎了一个猛子,溅起一大片白亮亮的水花。羊续是喜欢吃鱼的,他的家人也喜欢吃鱼,小女儿看到这么一条鱼即刻欢呼雀跃起来。大鲤鱼的到来，给小姑娘带来了节日般的欢乐。但羊续想起了钓鱼的故事，在私人生活的问题上他是决绝的，都有点固不可彻的意思。羊续想让焦俭立刻将鱼带回去，但看着小女儿在院子里欢欣鼓舞的样子，他的心软了一下，更重要的原因是他知道焦俭是真心出于好意。尽管家里几个月不见荤菜了，尽管小女儿在大水缸边看了好几天，羊续还是决定不吃那条鱼。他再次记起少年时坐在江边钓鱼听到的话，垂钓者和鱼之间的角色总是从一念之差开始转变的，他不想因为这样一个闪念而成为案板上的鱼。

在家人的不解和不满中，羊续将那条名贵的白河鲤鱼悬到廊前屋檐下。冬天的风寒，很快将鱼沥干了，一条活蹦乱跳的鱼成了一片蜷曲的鱼干。羊续仍然不让家人将它摘下来，鱼干静静地挂在太守檐下，成为某种固守的姿态。

过了些时日，焦俭又想着给太守改善伙食，遂又差人打了一条白河鲤鱼。这一回，羊续将焦俭引至屋檐下："这条鱼是你上次送来的，我们都没动过，已经成了鱼干。这回送来的鱼你得带回去，否则我还是要悬到这屋檐下。"焦俭觉得脸上有点挂不住，拎着那条鱼往回走，脸红到了脖子根。

年关临近，给太守送礼的人纷至沓来，每一次太守都很淡然，将他们引到屋檐下：一条鱼，一条送来的鱼，我都不吃，都这么悬着……你们的东西都不是我该得的，我不会收。

渐渐地，送礼的人都被屋檐下的那条鱼挡回去了，由此，太守也省却了诸多口舌的麻烦。屋檐下悬挂着的鱼，是太守内心不可更改的姿势。

太守常常透过南窗看见那条干鱼在清风里晃荡,每次,他心里都会想起那句话:在这个巧取豪夺、相互算计的世界上,每个人都是垂钓者,每个人又都可能变为别人鱼钩上的鱼。

桃花下,明媚的脸

一千两百多年前的三月,清明日,长安城乍暖还寒。但春天毕竟来了,她把自己的触角伸到了每一个角落。除了护城河中那几只翩翩游动的鸭子,墙边地角柔嫩的青草,腿脚轻便的柳枝,最早感知到春天的还有那些在春天之前就到达长安的游子,他们是一棵棵等待春天的植物,一丝轻微的风也能让他们的心灵发芽。

崔护推开了手边的书,他听到了春天的召唤,对于一棵行走到异地天空下的植物来说,春天才是没有偏见的,她平等地将自己的美好分给每人一份。于是那天,借着满地春光,崔护沿着城市的街道,独自向南踱去。"哪怕只是出去吹吹风也好,毕竟字里行间没有柔软的春天。"他对自己说。

不知不觉间,他已来到城郊,车马远去。沿着一条返青的田埂向一座小山走去,他看到山间草木经过一冬的沉寂后又重新抖擞起精神来了。望着在绿叶间跳动的阳光,他突然好想将头仰起来,在瓦蓝的天空下深深地吸一口气。

长安城外的春天令他身心舒畅。不觉间,日上三竿,已近中午,他才觉得有些口渴了,便想着就近找户人家,要口水喝。崔护沿着山路继续往前走,没出几步就到了一个农家小院门口,他轻叩柴扉,隔了不一会儿,木门打开了一条很小的缝隙,探出一张明媚的少女的脸。崔护在那一瞬间几乎忘了自己敲门的目的了,但慌忙中他还是递过去一句话:"姑娘春天好,我一早出来踏青,不知不觉间走了一大段路,口渴难挡。可否问姑娘要杯酒喝?让我解下渴。"

听了他颠三倒四的话,姑娘嫣然一笑,把他让到了门前的石凳上:"公子,你先坐会儿吧,我看你一定走累了。酒是不能解渴的,我去帮你沏杯茶来。"说完便进屋去了。崔护这才回过神来,他坐了下来,心里有种说不出的喜悦。

不一会儿,姑娘便端着茶出现了。她将茶放在崔护面前,并不走远也没靠近,而是退到了院里的一棵桃树下,她想说些什么,但欲言又止。崔护端起茶杯,呷了一口,一股暖融融的味道就在他的口舌间弥散开来。他说姑娘,这是今年的新茶吧?他说春天真好,阳光柔软得像金色的绒毛。他说这么好的春光浪费了真是可惜。他说……然后他就停住了:姑娘一直温和地看着他,微微地笑着,阳光像长了翅膀的金色小鸟在桃枝和姑娘的笑容间穿梭。桃花明媚,姑娘的脸明媚。一种温暖的情味从崔护的眼睛出发到达心底,他才明白自己看见了真正的春天。他还想说,他还想说……可是一杯茶喝完了,他得走了,那些厚厚的书又在那里召唤他了,他得回去复习了。可是他还想说些什么。语言有时候是苍白的,真的,哪怕像崔护这样操控文字的高手,语言有时候也是苍白的,它又能穷尽多少心意呢?最后他只是说:"不早了,姑娘,我得走了。茶真好喝,院子里的桃花真美。"姑娘还是在那里笑,只是她的笑容里有一丝欲言又止的不舍闪过,很快地闪过。

崔护还是走了,回到了那些竖写的字面前,只是以后的日子里,每天他翻开书,都能见到满眼桃花。日子平静地流过去,像水一样清澈无痕,但在水底还是时常有一张明媚的笑脸浮现出来。崔护静坐在长安的一隅,这是一个异乡的城市。但无端地他觉得自己的内心竟不再空落了。

第二年的春天,又近清明,那一树桃花就在崔护的眼前无比地灿烂起来,那一张笑脸也无限明媚起来。他再次径直往城外走去。这次他没有低头看路边的青草,没有抬头看瓦蓝的天空。这次他忘了这一切,盛开在去年春风里的桃花已经亮过了整个春天。他一直往前走,反反复复地想着这一年来一直都想说的那句话。

很快地,他看到了那个在梦里一遍遍重游的院墙,在绿树掩映中露出了令他心跳的屋檐。终于近了,他看到了一树灿烂的桃花,心里不觉惊喜。然后敲门,然后是门后面明媚的脸,他想着。但是门没有开,很久很久门都没有开。崔护在石凳上坐下来,绿茶清新的味道很快就在他的舌间弥漫开来。还有捧着绿茶的纤手,还有姑娘温婉的笑……想到这些他笑了。就这样,他在早春的阳光里静静地等了足足一个时辰,中间他叩了十几次门,但门始终没打开。那个上午,崔护,在一棵桃树下静静地等了好几个时辰,但木门始终没有打开。

两天之后,他又来了,带着十分的期待,轻叩那扇木门,门依然没有打开。

十天之后,他又来了,门还是没有打开。

接下来是暮春四月,崔护很明白春天是稍纵即逝的,他必须在春天还没有走远之前留住一些想留住的美好,于是他又来了。这一次没有阳光,只有细密的雨丝,像针脚一样,企图唤醒些什么,企图缝合些什么。那个熟悉的墙门外,已有一地红艳的落花。他再次叩门,如他担心的那样,门没有开。

突然有一种伤感油然升起,崔护知道有些东西已经在悄然间不见了。他想知道发生了什么,一年的岁月可以让故事有各样的版本,但只有上天的手才能够书写。他站到一块石头上,攀着一棵树,往院门里看,院里满是齐膝的青草,他明白所有的故事都停在了暮春的细雨里,无从续写。

他拿笔在木门前写下了一首诗,这是作为诗人的他唯一可以做的了:"去年今日此门中,人面桃花相映红。人面不知何处去,桃花依旧笑春风。"多么伤感的一个"笑"字啊,这个字后面藏着的泪意只有自己明了。崔护顺手把笔扔在了木门前,然后转身离去,黯然地踏上了归途。

此后他再也没有往长安的那个郊外走过,他知道春天会再来,但春天背后那张明媚的脸不会再来了。只是往后每一个春天,一树灿烂的桃花还会如期在崔护的梦里盛开。

另一条还乡路

船在海上走着,第一天还是风平浪静的。这是一趟目的地明确的行程,地点福建泉州海口。沈光文站在木船甲板上,放眼望去,海天间一片瓦蓝,这样的蓝让他的心忍不住泛起一阵酸楚。他想这该是大明王朝的晴空啊,这蓝天下的波涛都该是大明王朝的。但分明的,傍晚转眼来到,大明的太阳无可挽回地落下去了,暮色四起,沈光文在西沉的落日下黯然神伤。船行到第二天午后,海面上突然有了大片大片浓积云,翻转流动,像移动的城墙,风渐渐变大,海浪也汹涌起来。船上的人都露出了紧张的神色,一场始料未及的风雨来了,行进的船正在无垠海面上,一下子到了进退两难境地。沈光文又禁不住想,这多么像他的大明王朝,这个昔日繁盛的帝国不也成了一艘风雨中的孤舟了吗?但他没有想到,海上的风还在不断变大,而头顶的云已经成为沙场上冲锋陷阵的黑马阵了,大雨倾盆,这是从未遭遇过的风雨,就像上天的预言一样,它是要来覆灭这一艘孤舟的。

船一开始还在海面上苦苦挣扎,不出半个时辰,就在如瀑的雨中失去了方向,飓风的大手将桅杆也折断了。沈光文再一次冲出船舱,巨大的海风将他掀翻在甲板上,如注的暴雨立刻倾泻下来。既然已到生死攸关时刻,沈光文想再看一眼面前的海,但他什么都看不清了,风雨主宰着一切,他的呼喊、他的哭泣都被吞没了。天要亡我,我不得不亡,这是沈光文在那艘船上的最后念头……

不知道过了几天,沈光文睁开眼睛,发觉自己置身一处竹楼里,躺在一张简陋的床上,不远处就是门,门外有一抹明净的绿在晃动,几声鸟鸣像透亮的露水落进他耳朵里。他还在恍惚中,许多记忆开始在脑海里闪回,他想这就是天国的模样吧。看来天国还不错,并不显得生疏和遥远,居然也有些人间气息。后来沈光文才知道,船遭遇飓风后,他并没死去。船被风更改航向,漂过了海峡,他们中少数几个人被当地渔民救了下来。这是一场怎样的机缘呢?

1651年8月,十足乱世。明帝国早在七年前宣告灭亡,但新兴的清朝政府未能彻底肃清明朝余势。改朝换代时期,庞大的国家兵荒马乱,人心惶惶,被战争毁坏的秩序需要漫长的时间重新规整,被异族的铁蹄撕开的人心,更需要无数时日去修补。

还有一群人在苦苦抗争,他们是大明朝最后的遗臣,沈光文就是其中一位。沈光文,字文开,号斯庵,出生于浙江鄞县。明朝已经丧失了大部分陆地,这些最后的抵抗者只能躲避到海岛上,在东南沿海一带屯兵顽抗。到了1651年夏天,清兵挥师江南,横渡钱塘江,攻陷舟山群岛,东海水面上零零星星的土地也正被他们一一收入囊中。朱明王朝的后裔监国鲁王逃奔金门。随即,清兵又调转矛头,继续南下,大有直取广东之意。1651年,跟随鲁王苦苦抗清的沈光文，人生之路似乎越走越窄了，由起先的江南，退到了福建潮州，现在又将由潮州迁往泉州。

其实，这么多年来，沈光文一直走在一条窄路上。这样的选择有时如同宿命，一开始是自己作出的判断，后来是身不由己的决定。沈光文少时即专意读书，非常刻苦，参加明经科考试，并进入太学学习。他是明朝传统文化土壤里生长出来的树，对这个历时数百年的国家政权有着一腔深厚的情感，他的一枝一叶，他的树干和花朵，都跟明朝有着千丝万缕的联系。一个胸怀家国的人最大的痛苦是生逢乱世，原本他可以在自己的土地上耕作，可以构建梦想，心怀期待，他的用心和付出都会一点一点积累起来，成为一种看得见的果实。现在却只有离乱，只有抗争，只有大势已去的惆怅，泱泱国土，先是失去雄奇的东北，继而失去辽阔的中原，又失去清秀的江南。明朝辽阔的疆土啊，正迅速地消失殆尽，大明帝国几无立锥之地。随着大明王朝的倾圮，沈光文不假思索走上了一条孤绝的路。

现在，沈光文彻底离开了他的故土和大地，离开了时刻牵绊的大明。一场不期而至的飓风，将他刮到了台湾宜兰。他只能在这个岛上继续活下去。一个孤绝的岛，丝毫没有故乡味道。这个岛在漫长时间里早已成为荷兰人的殖民地，到处可见黄毛碧眼的异族的面孔，听到怪腔怪调的异族语言，沈光文有一种置身异国的感觉，但这个岛又分明是古中国的土地啊！他心里有说不出来的痛楚。

作为被统治者，台湾原住民丧失土地，也开始丧失劳作的成果，他们原本平静的生活中出现了各样名目的盘剥，一个叫"赋税"的词汇像瘟疫一样侵入他们的生活。七岁以上的人就得交纳人头税,捕猎为生的高山族人则交纳狩猎税,用网捕猎的交网税,用陷阱捕猎的交陷阱税,而捕鱼的要交捕鱼税,宰猪的要交宰猪税,出售牛奶的交牛奶税……荷兰人也开始在这片土地上种植罂粟,将鸦片销往东方各国……这一切仅仅指向生活的外在层面,在沈光文看来真正可怕的掠夺还不是这些,而是深入内心的奴役和浸透骨髓的文化认同。荷兰人的进入,破坏了岛上原先井然有序的生活。他们带来了欲望和杀戮,也带来了荷兰语,带来了天主教。荷兰统治者们要求当地人学习荷兰文字与语言,而荷兰的传教士们又在这东方的岛上日夜穿梭,一座又一座教堂在城镇与村庄里站立起来,这一切像慢性病一样,逐渐入侵每个人的灵魂。那原本与华夏民族有着千丝万缕联系的岛屿,现在正被金发碧眼的荷兰人用一把看不见的刀子一点一点割断温暖的脐带。

　　沈光文觉得命运让他到了这个地方,是要把另一个使命交还给他,这个使命有别于先前的孤臣孽子,有别于披上戎装在辽阔海岸线上南征北战。命运要他回归到一位先生的状态,他的心里萌生出一个清晰而坚定的念头:开一个学馆,教授汉语,以给这个混沌的世界一道明亮的光束。这绝非易事,荷兰人不允许有另一种声音在他们统治的岛上响起,况且这种声音来自与这个岛屿曾经无限亲近的大陆,这就有如一个独自羁旅的游子,听到来自母亲腹中的声音。这样的声音具备的力量是不可小觑的,它将带来一场醍醐灌顶般的开化。

　　沈光文面临许多困境,中途的辛苦只有他自己知晓。但不管有多少阻挠和凶险,在混沌的台湾岛上,在瘴疠之地台南,还是响起了一个纯正的中国的声音，也出现了方方正正的中国的汉字。一种久违的语言重新找到了那些走失的人，许多失语的人也重新找到了气味纯正的属于自己喉咙的语言。

沈光文在他简陋的茅屋前教授汉字，在南方的榕树下教授汉字，在溪畔的竹楼前教授汉字，他略带江浙口音的汉语回响在遥远的岛上。一开始，他的努力看起来是微小的，汉语的声音也是微小的，只在台南一个小村庄里响着。但这样的声音又是强大的，它可以穿透时间，可以拨开无数人内心里的阴霾，它是寒冬的荒野上一朵跳动的火焰，是岑寂灰暗的日常中一声强劲的鼓点，是早春一丝不易察觉的风，分明改变了事物的内核，它让江河紧闭的嘴松动起来，让大地紧锁的眉头舒展开来。

沈光文或许并未想到，他的示范与启蒙滋生了巨大力量，许多原本静默的来自中国内地的学人们都开始发出了中国的声音，好些明朝流落台湾的遗臣们开始重拾读书教书的本行。这样，在海峡对岸的台湾，汉字、汉语，中国文化像青青的禾苗一样茁壮生长起来，越来越多的台湾原住民，越来越多原本就与华夏文化有着深切渊源的岛上的居民，重新续接了这一脉绵延数千年的中华文化的清泉。

教授汉语的同时，沈光文心里开始生长出一个蓬勃的故乡。他初到台湾时内心的那份孤绝被打碎了，就像一个被弃置在荒岛上的人，找到了一条可以重返大陆的船，也像一个置身悬崖的人，找到了一条隐秘的可以重回宁静世界的道路。沈光文蓦然发觉他可以借助汉语重返另一个故乡。

沈光文回到了作为书生的自己,也回到了作为文人的自己。1685年,沈光文七十四岁,创立了台湾第一个诗社——东吟诗社。这个诗社集聚了一批大陆漂泊来的明末文人。现在,他们心头那一团团燃烧着的抗清的火焰已渐渐熄灭,他们的激情和伤痛转化为一种亘古而久远的伤感,他们被岛上潮湿多雨的气候困扰着,也被无法抵达的乡愁困扰着。他们只好返回自己的内心,返回文字。他们的书写汇聚成了岛上最初的那股斯文之气,东吟诗社的创立,以及这批晚明文人的诗词,开创了台湾文学的先河。

这中间,沈光文入过荷兰人的监狱,被无望地囚禁于水牢之中,遭受过郑成功之子郑经的迫害,躲到高雄县大岗山一带落发为僧。总之,在远离大陆的岛上,他的生活依然是不平静的,但他始终没有放弃作为一个书生的气节。沈光文流寓台湾36年,到了晚年,越发想念故园,在久隔的时光里,故乡成为一种撩人的痒,永久不见,却从未消失。故乡在耳朵里,他常常在梦里听到乡音,正如他的同乡贺知章在自己诗中写道,"乡音无改鬓毛衰",多少年过去了,他日益失聪的耳朵却不断听到背后有人用家乡话喊他。故乡还在唇舌间,在味蕾里:春天的新韭、夏天的杨梅、秋天的石榴、冬天的醪糟……这一切儿时熟悉的滋味都会在某个时刻苏醒在舌尖上。故乡还在许多细小的时间里,在午夜梦回后银亮的月光里,在晨光熹微时脆薄的窗纸上。漫长的时光里,只有汉语,只有中国的诗词抚慰着他羁旅天涯的心。

400多年后,在台湾善化中学,孩子们高声唱起校歌,他们在歌词里遇见沈光文。这位久远年代的开台先师,直到今天,还在台湾许多人的心里散发着光芒。郑成功收复了台湾,让远离华夏故园的岛屿,在地理和政治的意义上完成了回归;而沈光文,则开创了台湾的中华文明,让台湾在精神和文化的意义上得到了回归。

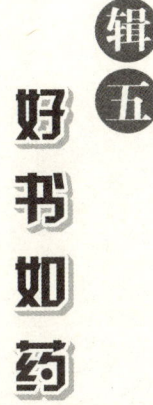

辑五

好书如药

字里行间

金戈铁马之声冷却,大漠风沙依然。在呼啸的风声中,你听不到将士们的呜咽,看不到千帐灯火。大秦的宫殿轰然倾圮,最后一粒扬起的尘土落进泥里。晋代的那片竹林已被推土机铲平,一座座水泥高楼挡住了游人的视线。像窗上的水汽和落进泥土里的花瓣,人以及人成就的故事都消隐在时间背面。

历史是强大的,它泥沙俱下,裹挟着一切美好和丑陋,呼啸而去。千年时光,是水洗过的沙,不着斧痕。有竹简留下来,有脆薄的纸页留下来,薄得让你的手不忍翻动。有竖排的字横排的字留下来,有松烟的墨迹留下来。一行又一行,那是道路,是宫殿,是季节,是节气。一行又一行,那是山川大地,是丛林,是铺展的田园。竖排的横排的字,是一畦又一畦嫩绿的菜地,是夜晚幽暗的河流,是风吹动旗帜的猎猎响声。

许多年后,尘埃落定,我们感叹未能遇见太多的故人。我们遗憾未能坐在一棵古老的树下,听孔子谈谈人生和见闻。那应该是一个暮春的傍晚,晚风吹过先生宽大的额头,在树叶上留下回响。我们遗憾未能在那一天路过滕王阁，目睹意气风发的王勃在诗会上激扬文字，震惊四座，那一天江畔的滕王阁上落霞满地，秋水长天。我们遗憾不能和李太白一道月下对饮，看他如何将唐朝的月亮藏到自己的诗句里。我们遗憾不能和李易安一道撑一支长篙，向藕花深处去。那个夏天，荷叶已亭亭，花正烂漫，有多少曼妙的遐想落进碧玉般的荷塘？

彼此被时光远远隔开，我们只好隔岸相望。但很多年后，我发现我找到了一条船，能载着我逆流而上——写在书里的文字带着我回到了时间的远方。

你必须走进去，让目光和心灵一道深入文字。有一天，你洞悉了文字的秘密，会发觉每一本书都是一艘船，在字里行间，你将完成与故人的邂逅，完成眼神的交汇和心灵的抵达。

王维和友人话别时的情形还留在一首诗里，客栈柳色青青，酒香弥漫着不舍。一首短短的诗，几行散落的文字却留下了那么多线索，循着这样的片段走去，你发觉自己回到了一千多年前的清晨，雨后阳关，人们说着离别。苏轼在竹林里遇见一场雨，大雨瓢泼，众人躲躲藏藏，一身狼狈，他心里却兀自欢喜，他欢快的脚步还留在字里行间，他的暗喜，他像个淘气的孩子一样在泥路上踏出的响亮水花，都藏在一首不长的词里，等着你在许多年后重温。

无数漫长的不眠之夜，陆游一次次推开乡下的篱笆门，他的叹息，他朝着北方怅然的眼神，仍然停留在纸页间。同样是漆黑的夜晚，山河破碎，身世浮沉，文天祥身陷牢狱，就着一豆青灯，写下一腔悲愤，他笔底的波澜迄今还在字里行间荡漾，一腔热血几百年后依然不曾冷却。抚摸那样的文字,你会感觉到生命的温度。

还不止这些,字里行间洒落着许多不为人知的东西,司马迁写下那么多别人的故事,他写韩非,写李斯,写末路英雄项羽……他是否也知悉了自己的命运?

"文革"中,不堪凌辱的老舍在1966年8月24日自沉于北京太平湖。那个夜晚,头破血流,白衬衫上淌满鲜血的老舍一步一步向着湖水走去。当湖水漫过他的胸口,漫过他的头,他是否会想起自己笔下那些被河水吞噬的人物,是否会想起《四世同堂》中温和笃实的祁天佑,在受到日寇的凌辱后走向护城河的那一幕。他的脑海里一定浮起了自己笔下那段文字吧:

"一步一停的,他往西走。他的心中完全是空的。他的老父亲,久病的妻,三个儿子,儿媳妇,孙男孙女,和他的铺子,似乎都已不存在。他只看见了护城河,与那可爱的水;水好像就在马路上流动呢,向他招手呢。他点了点头。他的世界已经灭亡,他须到另一个世界里去。在另一世界里,他的耻辱才可以洗净。活着,他只是耻辱的本身;他刚刚穿过的那件白布红字的坎肩永远挂在他身上,粘在身上,印在身上,他将永远是祁家与铺子的一个很大很大的黑点子,那黑点子会永远使阳光变黑,使鲜花变臭,使公正变成狡诈,使温和变成暴力。

"他雇了一辆车到平则门。扶着城墙,他蹭出去。太阳落了下去。河边上的树木静候着他呢。天上有一点点微红的霞,像向他发笑呢。河水流得很快,好像已等他等得不耐烦了。水发着一点点声音,仿佛向他低声的呼唤呢。

"很快地,他想起一辈子的事情;很快地,他忘了一切。漂,漂,漂,他将漂到大海里去,自由,清凉,干净,快乐,而且洗净了他胸前的红字。

"天佑的尸身并没漂向大河大海里去,而是被冰、水藻与树根,给缠冻在河边儿上。"

他是默念着这一段文字决绝地走向了清澈的湖水吧?几年后,老舍儿子舒乙和冰心聊天,冰心说:"我知道你爸,一定是跳河而死!"

舒乙不解:"并没人告诉你呀。"

冰心说:"他的作品里全写着呢,好人自杀的多,跳河的多。"

很多年后,读到这几行,我的眼前无数次浮现出老舍深一脚浅一脚走向太平湖的背影。

字里行间,有多少壮阔的景象?有多少细微的心悸?只有沿着文字,逆流而上,我们才能将时光往回翻,让它停在从前的一页。

好书如药

　　马上要出发去车站了,手提箱里各样生活用品都收拾停当,我在书架前站住了。按照习惯,外出的途中一定要有书,旅行、探亲都没例外过,这回是住院,更得有书相伴了。但面对壁立满墙的书,要挑两本带上,并且期望它们在手术后病痛的间隙能有镇痛作用,这样就有难度了。显然到目前为止,还没有人根据这样的情况写出过一本书,确切地说是我的书架上还没有涉及此类情状的书。

　　犹疑良久,看着时间已经不早了,我才匆匆地从书架上抽出了加西亚·马尔克斯的《霍乱时期的爱情》以及古巴作家若泽·毛罗·德瓦斯康塞洛斯的《我亲爱的甜橙树》。前者是马尔克斯的长篇巨制,据说在书中他企图写尽世间各样的爱情,后者是一部儿童文学名著……有人问过我为什么是这两本?我会解释一遍原因,但其实我知道我答不出所以然来,带哪本书旅行尚且是一种说不出的原因,更别说带哪本书去奔赴一场凶险的手术了。我更愿意相信那是一种注定的选择,有心灵深处默契而不可言说的因缘。尽管后来,我更多时间是平躺在病床上,身上插满橡皮管子,甚至都无力举着一本书细细读,但书还是一定要有的,哪怕仅仅搁在床头的柜子上，跟清水、药物与饭盒一块，它们都成为一种陪伴，增强了我的安全感。

出院后，回到家里疗养伤口，当打针、吃药、食补成为一种后续治疗，阅读就成为另外一种形式的疗法，它直接指向不安的心灵和疼痛中受难的灵魂。

确实，一场紧锣密鼓的手术，一场药物的轰炸，带来的是身体与心灵的双重创伤，但对于一个患者的康复又具有重要的作用。这样的时刻，除了那么多亲人朋友们温情的爱与鼓励，剩下的就是书了。书如药，而阅读则是一种疗伤的途径。关于书存在的意义，历来有各种说法：书承载知识与文明，普渡黑暗中无知的人到达明亮的彼岸；书传道、授业、解惑……俨然是无所不能的老师，现在我则发觉书是能入药的。

阅读的过程安静、缓慢，也恰恰暗合了大病初愈后的身体状况。

家中一个敞开式的书房，此刻成了中药房。这一本是养胃的，这一本是理气的，这一本是对抗恐慌的，这一本是安神的……

现在，我开始庆幸平日里那么不知疲倦地囤积新书，"兵马未动，粮草先行"，看来这话在关键时刻是有用处的。我不必操心选购新书，书架上还有相当一部分未曾启封的新书，我可以根据需要随手取来。

我习惯于好多本书一起读，往往在一本书读到几十页的时候，另一本书就被开启。我习惯于在自己休息的地方，能顺手够到一大沓书，而不仅仅是一本。这样一来，书架上的书就像从圈里放出的牛羊，撒落到山野各处。每个我要静下来休息的地方，都会撒落着一批书。同时它们又像一条顺流而下的溪,所到处,激起一路洁白的浪花。

但显然,以上的比方只是出于片面的认识。其实,每一本自书房流到房间角角落落的书都是一条道路,让我在斗室里困住的身心,有一种走出去的可能。是的,现在通过书架设的道路,通过目光在纸页间的行走,每天因于其中的房间就不是封闭的了,它敞开来,通往各样的境地。这样想来,书房是一个月台,众多支脉交错的道路由此出发:这一条通向一个旧村落,村口的古桥上斜逸出一枝桃花,黑瓦的屋檐错落着缓慢的时光,往前走,我想起了故园的模样;这一条通向想象中的未来,道路在黎明的晨光中延展,向着明亮的远方跃进。

还有些道路连接时光与节气,这一条通向一季的花期,这一条通往落叶的深秋,这一条有洁净的冰雪覆盖。这一条通往谷雨,万物萌动,春天盛大;这一条进入秋分,心境与气候一道渐渐趋向沉静和宁和;这一条连接着霜降,白露为霜,秋霜飞白。

每一本书都是一条道路,这样我身居斗室,心却到达千里万里之外。因为书,因为这敞开的世界,心才从疾病的禁锢里跳脱出来,得以呼吸,得以保持镇定。

这是阅读的疗伤方式,一种安静入微的心灵安抚和滋养。

在那些令人不禁悲伤的雨天,在那些使人慢慢丧失勇气的感到疼痛的深夜,我都会傻傻地想,我应该保有比其他人更多的从容与坦荡,读了这么多书,经见了这么多风景,跋涉了这么多别样的心灵之路,我可以更强大一些,更勇敢一些。

想要有个书房

自诩为读书人已经很久了,却没有一个像样的书房。

我爱读书,对于书的痴迷仿佛是一场永远也谈不完的恋爱。眼看着自己原本就羞涩的口袋因为书而一日日地消瘦下去,曾经不止一次地发誓要"戒书"了,可戒书有如戒烟,总是去而复返,让你欲罢不能。刚发完誓不出三天,路过书店门口,便一切灰飞烟灭,还是禁不住又一次地将书往自己房间里搬。久而久之,书便成了我房里的常客了,它们隔三差五,三个一群、两个一伙地不断侵入。起初以为与书为伴,只是偶尔心疼口袋里的几个铜钱而已,而且那种心疼在拥书而眠的时刻就能忘得一干二净,后来就干脆构不成任何牵扯了。但却没想到书多了,是要与我争抢空间的。它们已经挤满了书架上的缝隙,然后从书架出发一路蔓延而来,毫无客气与谦让之意。先是侵占了我的写字台,后来我担心写字台面身板单薄,且大有骨折之意,就赶紧把它们往各个抽屉里让,可是没放几本,抽屉马上满出来了。只有改道在床头柜上给它们空出一片天地,于是两排书又在那儿以每月十几厘米的速度迅速生长起来。可是我也不能让它们长得太高,万一摔下来,不但会把床头柜旁的电脑砸昏过去,而且我的爱书们也大有毁容的后患,所以又赶紧另辟蹊径,把原来房里那张放吊兰和水仙的木桌腾出来,这才得以解决床头柜的后顾之忧。

照这样的情形下去,不用几年,书便有吞噬整个卧室之意。实在不忍心在哪一天看到书们四平八稳地躺到我床上,让我做梦都只能半侧着身子。于是想要一个书房的念头一日日地强烈起来,伴着书的增长而增长。

想要有个书房,也许不会有多么华丽,但它一定是动人的。我会给它开好几扇很大的窗。如果看书累了,就望望窗外,白天,会有阳光和清风从窗前走过,夜晚,会有星星和月亮从窗前走过。在早春,或许还会有一只美丽的蝴蝶或勤劳的蜜蜂造访,如果它们也有兴趣读读房间里那满架满架的书,我将慷慨应许;在深秋,或许还会有几片轻盈的叶子从窗外落进来,一叶落而知天下秋,书房里便有了些许秋的况味,这样才不会忘记了时间的流转。我会把天花板漆成天空的颜色,这样才会有一种最闲适的心情与文字为伴。我会在书房的每一面墙壁上都设计一排大书架,我的书们就不会再有无家可归的感觉了。我要让《挪威的森林》和《瞬间的野菊》静静地在书架上成长,让泰戈尔的《飞鸟》在书架上找到结实的落脚点,让《珍妮姑娘》和《茶花女》成为邻居,让《约翰·克里斯朵夫》和《简·爱》成为朋友,让莎士比亚和关汉卿一起讨论一下剧本,让鲁迅先生和托尔斯泰一起谈论一下国事,或者让李白和歌德相逢,看看谁的酒量更好些,而我却可以整天躲在那里"追忆似水年华"。想到自己这么多的书都有了归宿，想到这么多大师们的思想都有了储存的地儿，这真是一件让人高兴的事情。

  但真正的读书人往往是没有书房的，只有那些将书拿来装点身份和门面的人才拥有宽大而明亮的书房。也许若干年后我拥有一个宽大而华贵的书房时，却已难再是一个真正的读书人了。这世界上的事情就是这么矛盾，可能清灯夜读、拥书而卧的方式才是最原汁原味的读书吧？即便没处放书，堆得满床皆是，也应该是美好的。以前就见过这样一位同学，两尺不到的钢丝床一半让书睡了，但他照样夜夜好梦。

  不过不管怎样，我会有一个意想中的书房的吧？因为我曾经说过以后的房子，宁可没有客厅但却不可以没有书房。无论如何得给我的书们腾出一片开阔的空间，我深知与书的这番情缘远没有结束的可能。

好书店,城市的底气

前些日子读了美国女作家海莲·汉芙的书信集《查令十字街84号》。这是一位普通女作家和一家远隔万里的英国旧书店的书缘记录。1949年10月5日,海莲·汉芙将第一封信寄往了位于伦敦查令十字街84号的旧书店,不远万里地去订购旧书,20天后她收到了来自伦敦的回复。就这样,旧书店里的书商弗兰克以及工作人员和海莲开始了长达20年的通信。信大都写得很短,皆围绕着订书、找书、寄书的内容展开,但三言两语的文字却透着温暖的情意,人与人之间、人与书之间相怜相惜。海莲·汉芙和伦敦的这家书店一直未能谋面,借着书信往来建立起来的缘分却跨越了几万里的空间,持续了20年的岁月。直到1971年,海莲才有勇气将期待了20年之久的与旧书店的会晤变为现实,她踏上了英伦的土地。但查令十字街84号门牌犹在,那爿旧书店却在街角上大门紧闭,而弗兰克也已遁入死亡之门。海莲·汉芙说:"如果有一天,你们恰好路经查令十字街84号,能否代我献上一个吻,我亏欠它实在太多。"

还有一本书叫"人人心中都有一个查令十字街84号",对我来说，这本书的动人在于其透露出来的人与书的情意，查令十字街84号，是一个书店的名字，它也是一个符号，是很多这个类群的人们的接头暗号。确实，一本书，一片莫逆于心的书店，是让爱书人心灵相通的一种好途径。去书店的路就是心灵相遇的地图。查令十字街84号还代表着某种珍贵的存在，那是一尊心灵的雕像。有一家书店，开在向阳的路上，干净整洁，有丰富的书目，有一群常常光顾的读者，大家的脸上带着平静的满足。当然最重要的是它由一群读书爱书的人来经营，他们会微笑着向读者介绍最新的图书，他们能够对读者的询问作出温暖而有见地的回应。一家好的书店，做着卖书的生意，但一定不仅仅只做卖书一件事情。我说了，一家好的书店会是一个心灵的接待站，是内心的交汇所，是爱书人脚步停留的地方。人们可以站着看书，坐着看书或蹲着看书，但店员们一定不会过来干涉，他们只会为读者的阅读提供更多的帮助。一把书架边的小椅子、一杯热茶、一个友好的指引……一家好的书店一定会和善地让读者买书的过程变得像带一位新朋友回家般美好。这样子的一家书店，传播知识也推广梦想，经营书籍也经营与书有关的情意。它是一家商店，同时又是一种思想独立的存在。

我常常想，也常常渴望在我们的城市有这样的一家书店，那么善意，那么温和，那么包容、大气，让我们这些读书的人在空落下来的时刻总有地方去，让我们心里有一种温软的念想。有一天我无意间闯入了北京单向街书店的网页，他们的网页上写着"We read the world(我们阅读世界)"的口号，"单向街图书馆事实上是圆明园东门内左右间咖啡馆西边的一条长廊，除去图书馆，我们实在想不出那条长廊还能够做什么。在整整一面墙上,我们打上直到天花板的书架,大概有 30 米长,如果你不是个急躁的人,而且想大致知道每个书架上是什么类型的书,大约需要 20 分钟,你才能从这头走到那头,如果你赶上阳光明媚的日子,在此过程中大约有十束阳光会暖洋洋、懒洋洋地打在你身上。我们希望单向街图书馆朴素大方自由,不带任何矫情。"这是书店的创立者之一许知远关于书店的一段话。他还说:"一直以来梦想自己有一家干净明亮的书店,在冬日晒太阳,夏天露天坐在院子里,听莫扎特,喝啤酒,看迷惘一代作家的作品,身边偶尔经过像春天一样的姑娘。"我希望我们的书商,我们书店的经营者中多些人怀揣这样的梦想,我们的城市街角里才会出现像样的书店。

在我们的城市,迄今难觅一家上好的书店,不是商业味过浓,就是势利得让人望而生畏,不是铺面零乱,就是买不到几本不畅销的好书。对于城市和一群读书的人来说,对于我们漫长的阅读生活来说,这多少成了遗憾。衡量一座城市的品位和魅力,不在于楼有多高,广场有几个,更不在于娱乐城有多恢宏。有几家上好的书店,这代表了城市的内在气质,也让我们看到了城市的底气。

我更相信,一家好的书店是城市绿色的根,根深叶茂,我们的精神才营养充足。

天凉好读书

秋风紧时,也是心绪安静时刻,适合闲坐读书。

大致读书有各样境界。春光明媚时分,听着耳畔鸟鸣,读明丽的文字,会有满眼锦绣铺开,但文章不宜过长,否则目光虽在纸上,心思已到窗外;闷热的酷暑,斜躺竹榻上读书,要是文句晦涩,非得胸闷气短不可,所以只挑些文字轻快、内容平易近人的书读。唯独秋冬季节,适宜读各样书。安静的心绪,像寂静的空谷,为阅读作了最好准备,各样的书,各样的风景气象,目光和心灵都是可以安然接纳的。其实这样的读书境界也像与故人对饮,不急不慢,不慌不忙,不醉不归。在秋天的暮晚,捧一册书闲坐着,我常常想起陶潜的诗句:"山气日夕佳,飞鸟相与还。此中有真意,欲辨已忘言。"

我是自甘做一条书虫的人。若你住我家隔壁,就会时常看到一个人手里抱着一大摞书往家里走。很多人问我,这么些书你都一本一本读完吗?我摇头,我并不是将一本书读完再接着买一本书的人。这样的读书方式功利主义者们一定是不屑的,但我并不是抱着功利的心态读书的。读书对我来说是生活的一部分,就像有些人喜欢旅行打牌泡吧一样,我的生活在很多时候,是留给书的。而购书则是我个人喜好的一部分。这是一个有意思的心态,人大多有囤积的嗜好,这一点跟蚂蚁蜜蜂是一样的。有女人喜欢购买衣服,会看着满柜衣服喜从中来;有人喜欢古董字画;有人喜欢钱,每晚临睡前在手里握一沓人民币,用手指沾唾沫数之,是极大享受。而我似乎独迷恋书,每晚睡前都要在床头柜上放一本书,才会觉得踏实。见到好的书,急急地纳入自己的书房,这跟古代的达官显贵见到好女人,急急地想纳为二房三房是一致的。这么说,你就能理解,有些人为什么那么喜欢买书,对于书虫级的人来说,挑选书,抱着一箱书回家,或者用一块白色的棉布一点点抹去书架上的浮尘,这都是享受的事,这是书本身带来的乐趣。而到秋冬时节,也是我的书房里存货最充足的时刻,我有点像收租结束后的地主,终于可以心满意足坐下来清点收成了。那么多新购而又未及读完的书,硬面的软面的,古朴的现代的,深邃的思想轻灵的诗情深情的回忆,那么多滋味各样的文字都等在书房的角角落落,心里便泛起富足的喜悦。我喜欢顺手拿来,读读这本,再读读那本,不同的书能读出不同滋味来,而不必担心一本好书读完了接下来怎么办,这种少年时代的窘迫再也没有了。

天凉好读书。或许是午后,在背风的露台上放一把有软垫的椅子,阳光明亮而暖和,一本书陪伴你一个下午,可以是董桥的随笔,可以是北岛的散文,可以是车前子有一搭没一搭的谈艺笔记,也可以是一本安静的回忆。或许是傍晚,读晚明的小品,读笔触细微、构思精巧而才情幽深的宋词小令,读姜白石和韦庄,张炎和蒋捷都是很恰当的。当然最好是夜晚,我喜欢赖在被窝里斜躺着看书,窗外有干净的风声,抑或淅沥的雨响,温暖却近在咫尺。我翻一部竖排的《唐才子传校笺》,古代的人们一点点走近来。或者读一部厚重的小说,慢慢进入一段回旋的人生,有如凉下来的时节里逐渐绵长起来的回忆。有时也读《阅微草堂笔记》这样奇绝的怪谈,便觉得脖子后面有冷飕飕的风声刮来,遂将书搁一旁。喝几口热茶,换成老舍先生的《四世同堂》,也就到了另一层境地,先生娓娓讲述,他的博大和幽默近乎消融了现实里冷湿的灾难和泪水,让一段疼痛的民族记忆最终成为灯下平静的回望。

  冷的夜,有着格外的静。身体让暖融融的棉被拥着,而心灵在纸页间慢慢踱去。这样的时刻,有说不出来的惬意。

  天凉好读书,有如闲暇时刻适宜会客是一样的。在温暖的灯下,一本本书总有轻逸的力量带你漫步这别样的人生,一本本书上接古人,而前方连着远处的风景。在逐渐转冷的日子里,它们将陪我度过一段恬静的时光。

阅读，让心灵之旅无限可能

我喜欢在床头放一沓书，睡前顺手拿来读上几页，感觉这是件十分惬意的事情。不管多累，也不管多晚，我几乎都保持着临睡前读几页书的习惯，哪怕仅仅只读一页，就疲倦得睡着了，我也从不放弃在床头堆上几本书。在我看来，每晚睡前，床边堆满了散发出油墨味的书是件很享受的事情。

后来我发觉，如吃饭和睡觉一般，阅读成了生活本身的一部分，和那些每天必须完成的事情一起在生活里随时出现，不可分割。我们的身体每天都在行走，在同样的路上不断重复，同样的场景和同样的琐碎每天都会在生活里如期重现。生活中未知和新鲜的情节已经越来越少了。所以在行走之余，我们需要坐下来，在书斋的一隅，在夜晚的灯下床边，让身体放平，让有关物质和生计的欲念停顿，然后让心灵行走。现代城市里的很多人，白天的行走都是物质化的，跟心灵无关，顶多跟脑袋有关，我们只需一个算计的脑袋来权衡利弊就足够了，所有跟内心有关的想法在喧嚣的白日都不会有生长空间。心灵之门只好在物质的夹缝中紧闭。只在夜晚，鄙弃世俗和物质，鄙弃所有功利的算计，我们的心灵才开始出发，完成它需要的旅行。

  在一个特定的时刻，比如万家灯火的夜晚，城市开始回归它温情的一面。阅读就以一种独特的方式给心灵安上翅膀，给旅行铺设很多条通往远方的路。轻启书页的过程就是精神飞扬，心灵和思想开始向远方进发的时刻。每一本书都可以带给我们不同的阅读快意，每一次我们的目光走进书页都是在走向一个未知的空间和时间，这有别于生活里那些无休止的重复。在文字的世界里有着各种各样的可能性。从某种意义上说，阅读的过程也是心灵探险的过程。探险是人类共同的嗜好，对于我们来说有着强劲的魅力。从来没有哪种方式可以让我像阅读那样通往未知。文字像诸多明亮的灯盏，在寂静的夜里，把黑暗的目光点亮，让我们内心的光明次第打开，像一个诗人说的"让习惯黑暗的眼睛重新习惯光明"。文字也是一枚枚闪烁的星子，那么多星子构成了一个博大的星空，我们透过星光看见自己朝圣的苍穹在深邃地蓝着。文字还可以是一座挺拔的山，耸立在高天之下，我们或许永远到达不了顶峰，但我们可以永远前往。对一个登山者来说，最大的目的并不是攀上峰顶，而是因为山就在那里等他。其实对于高贵的文字来说，同样如此，我们可能穷尽一生也无法走出一行诗句，但像真正的旅行者一样，在路上的姿态本身就包含着全部意义。所以，我们不辞辛劳地接近一本又一本厚重的书，书在那里等我，而我是一个书生罢了。

  我们无法用短暂的一生穷尽人生的更多可能，一本书就是一扇明亮的窗口，它以欢迎的姿态向灵魂敞开，提供给我们一种截然不同的人生。很多本书可以带来很多种不同的内心体验。阅读的过程多像一种简洁而有效的人生模拟，我们的内心可以在最少的时间里接近缤纷的思想和五味杂陈的生活。阅读，无疑为我们对抗单一的心灵方式提供了可能。

那就让我们再次掀开书页，带心灵上路……

做一个精神的贵族

最炎热夏日，我们挥汗如雨，夜不能寐；最寒冷冬夜，我们蜷缩在角落里，思绪成冰；失去亲人的时刻，我们泪流满面，心如刀割。这时候我想到了书，在那些最为难熬的日子里，书都成了我对抗某种痛苦的力量。我捧着书，可以忘记四十几度的高温，可以忘记风雪弥漫的冬寒如何侵入自己的身体。

其实，那么多年来，书和书上码起来的文字对于我来说都是支撑内心的柱子，和其他的诸如亲情友谊爱情理想等柱子一起构成了一个信念的苍穹。一本书，一颗跳动的心，一张生动的脸，一颗高贵的头颅，一眼清澈的泉水，一片大海，一座森林，一首唱不完的歌，一位忘年交，一个情人……事实上，它可以是一切。一本书可以以各样的姿态走进我们的人生，也可以用各样的方式改变我们的人生：一个眼神、一个动作、一个隐喻，还有一个不经意间说出来的词语，这些都可以改变我们内心的结构。有人被关在牛棚里，一关就是好多年，他就靠着手头一本破损的新华字典度过了一个又一个漫漫的白天和长夜。透过泛黄的纸页，字典上的每一个字对他来说都是闪亮的,它们藏着梦想,藏着各种妙不可言的色彩。那些个夜晚,他就听着窗外的风声,就着如豆的寒灯,和一个又一个词语对话,看它们在暗夜里绽开花朵。还有人躺在手术台上,再几个小时,锋利的手术刀就将划开她的身体,生命凶吉未卜。这时候她需要一本书,摊开在离视线不远的地方。书会用自己的柔软把刀锋挡住,一句温暖的话、一句坚强的话让人相信生命会诞生奇迹。书可以让人忘记疼痛和恐慌,可以让人忘却疾病和疾病带来的绝望。

一本书可以对抗一场疾病,可以改变一个人生命的走向,同样,一本书也可以加速一场战争的到来。美国女作家斯陀夫人的小说《汤姆叔叔的小屋》,问世于1852年。在该书出版前,美国南北方因奴隶制度而引起的地域性矛盾,由于1850年国会颁布的"妥协法案"暂时趋于缓和。但这本书一发表,震撼了整个美国社会:它无情地揭露了南方奴隶制度的残暴面目,重新激起了北方人民对它的义愤,从而使南北矛盾日趋尖锐,直到不可收拾的境地,1864年美国南北战争爆发。近代西方史学家无不认为《汤姆叔叔的小屋》一书是美国南北战争的导火线之一,林肯总统也曾把斯陀夫人称为"发动南北战争的女人"。这是一本书潜在的力量,它能帮助我们撕开平静的表象,让人看到事物背面汹涌的暗流,从而唤醒沉睡的灵魂。

当然,书所具有的意义绝非以上这些,更为重要的是,它使我们永久地告别了蒙昧和混沌,使人类的精神从虚无中获得了救赎。所有人都是地球上的过客,只有精神不死,是书为精神的永生提供了物质的载体,也是书用自己的白纸黑字为我们撑起了人类文明史和个人史。我找到了人类和动物区别的又一种方式,那就是在人居住的地方有一种叫作书的东西,动物居住的地方却没有。是书,让我们得以接近那些业已消逝的博大心灵,让我们轻而易举获得那些原本得花几十年甚至一辈子思索的人类的普遍经验。

当口袋里的钱越来越少,而房间里的书越来越多,你大可不必为此沮丧。衡量一个人高贵与否,不是看他穿着多么华丽的衣服,也不是看他吃着多么丰盛的晚宴,喝着多么昂贵的红酒,而是要掂量一下他读了多少书,他的内心装着多少清澈如泉的智慧。真正的贵族是精神的贵族。

最后我想告诉你的是,让我们做一个精神的贵族吧。咀嚼着粗茶淡饭的时候,骑着破旧的自行车从闹市穿过的时候,只要有书可读,只要你的心里回响着清风翻动纸页的声音,你就是一个高贵的人,没有人可以轻视你。

辑六

生命如灯

孤独的盛宴

是一次怎样的触动,让我和文字相遇,且永不分开?

许多年后,我的眼前依然浮现出这样一幕:一个十一二岁的少年,站在邮局破败的柜台前,手上攥着一张十元的稿费单。这是他收到的第一笔稿费,为了取到这笔钱,他前前后后往小镇的邮局跑了三趟。第一次是因为没有表明身份的证件。第二次学校打给他的证明忘了盖章。第三次,他又来了……邮局的工作人员都板着苦大仇深的脸,他终于从那些不耐烦的手中取到了一张属于自己的皱巴巴黑乎乎的十元纸币。少年很快忘却了取十元钱带来的种种不快,他踏上回程的单车。单车在村路上飞驰,让少年的心也跟着飞扬起来。

这不一定是事情最初的渊源。我觉得应该还有一些更深的东西,影响了我内心的走向,让我认定要用汉字来垒起一生的长路。那是什么呢?是一口留有祖父手掌余温的故土?是初春时节,故园巷子里梨花洁白,舞步轻盈地飘向乌黑的屋檐?是前门山上久久不肯散去的苍茫暮色?还是早春二月,麦地里嫩得让心和嗓子眼都发软的那一畦麦苗？是一只站在秋天的栗树上啾啾鸣叫的麻雀，它仿佛看到了秋后渐渐空落的村庄，像一幅山水画充分的留白，它总在孤独地自语。是一窝的燕子，它们将巢筑在农家屋檐下，辛勤劳作，用心育雏，和睦而温暖。是一棵村口的苦楝树，那么青翠，让你看不到内心的苦，可是母亲从它身上剥下几条树皮，熬出一碗淡青的汤，那种刻骨铭心的苦，让我一直难忘。那被刮掉皮的树干上，过些日子就会长出一条棕色的疤，像一个伤痛的记忆，但这棵苦楝树一直青翠如昨。

这样的暗示，让我的内心变得多愁善感起来，也让少年的我逐渐懂得大地山川河流的语言，让我看到世界最初最真切的美。

但一定不止这些，我喜欢无数次地凝望异乡的落日，喜欢看城市客运站广场上那些行色匆匆的身影，他们像迁徙的候鸟，脸上落满风尘，浑浊的目光里写着进入城市的惊恐或欣喜。我喜欢农贸市场上那些朴实的人们，在你买好青菜买好豆子，结好账付好几块钱后，他们会顺手再往你的篮子里添上三五个蚕豆，加上一棵小小的青菜，送你三两根葱……我总被这样日常的善意打动。这是小米加稀饭式的温情，是这样朴素的粮食养育了我的胃，我的身心，让我看到藏在生活角落里的微光。

还有就是那些前人的文字，那些写在薄薄的纸上的汉字。可能是《诗经》里一枝摇曳的植物，枝叶丛生，花开烂漫，有着小姑娘那样纯真的脸。可能是唐人的一行诗，上面落着十二月的寒霜，落着羁旅异乡的愁绪。可能是一部小说，作者用尽一生的才情讲述一个九曲回肠的故事，故事讲完，人生的味道却一点一滴地渗透到听故事的人心里，让无意间听到这个故事的人在往后的无数个雨夜咀嚼出生命的滋味。也可能是一部随笔，一些散淡的话语，却落地生根，生出许多难以抹掉的留恋。更可能是一位不知名的作家，他的文字被印在一张泛黄的旧纸上，我在吃完小店老板顺手包给我的几块花生糖后，定定地坐在午后的时光里读完了他的得意之作。

还有些什么，那些不可言说的东西，像飘忽的眼神和不确定的答复，像动听的音乐和印象中的场景。这些东西杂糅在时间和季节深处，改变了我的听觉嗅觉视觉味觉，改变了我看待世界的角度，也改变了我对待生活的态度。

这样的改变让我懂得直面内心，懂得享用漫长的孤独。写作是一场孤独的盛宴，你得准备好心情，准备好期待；你得选择时日，盛装出席，在最华丽的语词里遇见过去的自己。你一个人坐在无尽的时间面前，像一个垂钓者坐在浩渺的江河上。你在熹微的晨光和苍茫的暮色中铺开稿纸，像一个贵族铺开洁白的桌布，摆开精致的盘子、碟子……你在稿纸上写下第一个句子，郑重地画上一个句号，仿佛给自己晶莹的瓷杯里斟满陈年的酒，酒香弥漫。你并不急着喝，你把杯子端起，陷入了往日的场景：曾经多少次，你在这样的空落里，独自推杯换盏？想到这里，你将杯中的酒一饮而尽。此刻，餐桌上已上来许多好菜，有你儿时熟悉的野味，有你喜爱的珍馐……你开始举箸，夹起一小口的菜，美味在舌尖弥散开来。你想举杯，你想说，味道真好，来，大家一起来！但回首四顾，桌上没有人，一个人也没有。除了摇曳的烛光，除了散发着香气和热气的满桌好菜，除了和烛光一起晃动的自己的影子、杯子的影子、香气的影子……你不禁哑然失笑,你是一个人在享受这场华美的盛宴。你不能大声赞叹,不能拉一个人坐在你的对面,问他,怎么样?好不好吃?

没有人和你一道享受这场盛宴,因为没有人能懂得时光秘制的味道,除了你自己。

有多少个这样的时刻,我沾沾自喜于笔下的文字;有多少个这样的时刻,我悄然无声地为一个突然降临的题目欢呼雀跃;有多少个这样的时刻,我在幽暗的航道里,孑然独行,文字的河茫茫无际,我无法知道航程的彼岸在哪里;有多少个这样的时刻,笔在深夜的稿纸上华丽地独舞,那些优美的弧线,像流星的光芒那般璀璨。

有多少个这样的时刻?我无法告诉你们,生命里有些味道是无法分享的。

现在,只有我一个人坐在一个偌大的餐厅里,自斟自酌。独自赶赴这场盛大的宴席,独自品味这些选料精心、制作精良的美味。

世界安静无风,只有无尽的时光在窗外哗哗地流过。

最好的月亮

长途旅行归来,一身疲惫。我已连续四个晚上没睡着了,一个和我同寝的友人鼾声大作,每晚都是滚动的闷雷、突突突的柴油机。我只好将枕头挡在耳畔,效果却很是不济,越是疲劳越难入眠。

最后一天下飞机后,又匆忙赶去参加一个活动。等到活动结束,一路开车回到家,我的疲惫已到了不堪的地步。吃晚饭时,觉得整个人都飘忽得很,家人跟我说话,声音远而模糊,总落不到耳朵里去。晚饭后不久,还未等到女儿上楼,我就起身回家。八个月大的小孩养在她外婆家,常常我们要等她上楼再走的。

我想这个夜晚,总算摆脱了无休止的呼噜,一定要在安静中将丢失多日的睡眠补回来,等到明天清晨,一身倦意都会像衣服上的尘埃一样抖落。于是早早上床睡觉,很快沉入睡眠。但不知道睡了多久,一阵恍惚而急促的电话铃声将我从睡梦里拽了出来,被惊醒的感觉突兀而无力,我在床上瘫了好一会儿,才有力气去拿听筒。电话那头是孩子外公的声音,说清清发烧了,他们很不放心,得送医院去看一下。

立即起身,穿衣服,找钥匙,拎包出门,眼睛还未完全睁开,汽车就驶入了寂然无声的夜色中。看车上时间,正是深夜一点半。小镇医院并没有夜间儿童门诊,只是央求医生给小孩量了温度,然后驱车去十几公里外的儿童医院。挂号就诊,还好,医生说温度不高,只需开点退热的药就可回了。

大半个时辰后,我们重新上车。城市夜色阑珊,一切都安静下来了。车在空旷的大街上一路向西,很快就开到了一座高架桥上,我抬头望向前面的路灯,这时我被眼前的情形震住了:在高架桥上空,有一轮硕大的月亮,无比皎洁地挂着,下面铺展的城市,因了这颗月亮,倒显得低矮了很多。我该用什么来比喻它呢?像一面明镜吗?似乎没有那么单薄;像一个玉盘吗?似乎要更温润些。车向高架桥的桥顶驶上去,月亮正好就在驾驶座正前方,它那么高扬,像一张高贵的脸不可企及,又无比安然恬静地望着我。我想我从未见过这么好的月亮,在喧嚣的城市里原来还可以有这样的月亮,这是我始料未及的。这是一个多么郁闷和困顿的夜晚,然而这一刻,一切都荡然无存了,我的心里储满了明净的感动,像开阔的湖面上藏进了一颗澄明的月亮。

我一遍遍说,多好的月亮!我看到了最好的月亮,我更愿意相信它不仅仅是一颗月亮,它其实是生活的恩赐。

这样我又想起了旅行时导游讲的故事。说她入行不久,一次带旅游团走一条很偏远险要的路线,要坐很长时间的飞机,要乘长途汽车翻越雪山……出发前客人们都买了人身保险,她也急切地想去买一份,万一有个闪失,也可给父母留一份保障。可一天忙碌后,赶到保险公司,事先联系的业务员竟然生病了,她的保险就没买成。一路去机场,心里堵得不行,她是硬着头皮去的,傻傻地想反正出事就出事吧。

飞机午夜起飞,坐到机上,不祥的暗示让她的心一路忐忑,甚至都有些沮丧地将头靠在临窗的座位上。飞机冲破云层,飞到深蓝的天空下,这时候,她看到了天心的月亮。她说那是一轮很大很大的月亮,大得让人难以置信,她从未见过那么大的月亮。它那么切近地在机窗外面,近到几乎触手可及的地步,这都是导游的原话。我想那轮午夜机窗里的月亮一定会比我们反复转述的更圆,更大,更明亮,离目光和手更近,离心更近。我微笑着跟导游说:"那是上天对你的眷顾,在你慌乱和烦闷之后,他要送你一轮明月。"

车上的人都笑了。

我兀自陷入了沉思,最美的风景是什么呢?这是很明确的,是悬崖上的树,是漫长攀登后从云海里跳出来的新生的太阳,是整个城市入眠后,还独自醒着的那轮明月,是风雪夜亮在村口的一盏橘黄色油灯。最美的风景等在你身心疲惫千回百转的小径上,等在生命的困厄里面。

最美的风景,你是不是能够看见?

像导游见到的那轮硕大的月亮,像我驱车在立交桥上邂逅的那轮高贵的月亮。历经生命的辗转,面对生活的风霜时,你疲惫不堪的眼睛是不是还能看见那个最美的月亮?如果你在心里怀藏着邂逅美丽的愿望,那些生命里的困苦都会在最美的月亮之下瞬间消融,而留在你心里的只有生命的清澈和安然。这样的月亮,曹操在长江上横槊赋诗时看过,李白在苍茫的云海间看过,王维在春山的鸟鸣中看过,李清照在西楼的窗前看过,纳兰性德在行军的途中也看过。这样的月亮,也是一下子就照亮了他们内心的领地吧,荡涤所有尘埃,只留下空旷和静寂的回响。

这样想过后,你就不会害怕长路坎坷,命运繁复。

在前行的路上,有最好的月亮等你。

每一个苦孩子都会长大

虽然年龄不算很大，但我自觉已到了那种会冷漠的年纪了，不再轻易为周围的人事动容，从街上匆匆走过，也不再轻易为哪一个乞丐停下脚步，这世界可怜的人太多了，假扮可怜的人更多。我们不知道把自己的同情心和善良交付给谁，所以我们变得冷漠，对自己说在这样的时代里不做伤害别人的事，就是一个好人了。

但我还是常常为那些苦孩子感动，那些因家庭穷困而不得不在人群中藏起自己天真的笑容，走到角落里去的孩子；那些从小开始就担当着家庭重任，觉得自己的人生永远都会是风雨飘摇的孩子；那些埋头苦学，视读书考学为生命里的唯一出路，而考上大学却无钱支付第一笔学费的孩子。这些孩子常常让我的心揪得很紧，我想等我有点钱了，等自己的生活安定下来了，我一定要用很尊严的方式去资助一位失学的孩子。我想这也应该是我人生计划的一部分，应该和去一个地方旅行，或者为自己添置一辆车什么的等同起来，让一位苦孩子在我的帮助下走到阳光里来，是生命里面一件很美好的事情。

我一直为那些接受资助的孩子捏着一把汗，我们现有的资助方式实在是不够尊严和体面的，多少带着一些嗟来之食的味道，穷孩子们所有的尊严都会因为一场资助而被全部击垮。我们会在大幅的报纸上读到他们的名字，会在校园的宣传栏上读到他们的名字，也会看见他们在哪一个节日来临时接受某某领导的慰问，然后拎回来一样占地面积很大的慰问品。我的学生曾经拎来一条很大的被子，搁在教室的一个角落，被我看见后，我叫他马上把被子放到了我的办公室。这些孩子就这样被划开界限，就这样变成穷孩子，变得低人一等，变得谨小慎微。如果哪个接受救助的穷孩子敢买一根冰棍，敢买一双名牌球鞋，那他一定会受到其他人的谴责。如果他胆敢买一枝玫瑰送给自己心仪的女孩，那他就会被挂上不识好歹、没心没肺的骂名。所以我总想着有尊严地去帮助一个苦孩子，这一点真的很重要，可能比帮扶本身更为重要。

那些不动声色的帮助，才是真正的爱心所至。

我也是一个苦孩子，在童年里经历过漫长的不安全感，内心早早长大，每天为生活里的种种变卦担忧，看不到生命里幸福的曙光。但我很庆幸，在童年时代，我从来不愿意接受来自哪方的资助，我总是小心翼翼又敏感万分地维持着自己的尊严，我没有感觉自己活得比其他的孩子低下。我从来不愿意向学校申请学杂费减免，我害怕他们会在广播里读出我的名字，那种感觉会让我一直寝食难安。在我读小学五年级的时候，有一位老师，每天中午时分回家吃饭，她的工作餐就没人吃了，于是她想着把工作餐留给我，老师们的伙食要比我们用饭盒自带的菜好吃得多。但我断然拒绝了，我

辑六　生命如灯

不喜欢来自别人的异样目光,怎样的美味都比不上保留自己的体面来得舒坦。也是那位好心的老师,她有时候也会想起把单位里分发的水果分给我一份,但她知道我一定不会要的,于是有好几次,她都叫那个住在我们家隔壁的同学把装在塑料袋里的水果拎到我家。

我就是这样,不愿意接受别人的同情,也不愿意忍受来自别人的奚落。我们家将七分地里收割来的谷子晒在邻居家门口,邻居家那个势利的老头自说自话说谷子扬起了好多灰尘,我当场就拿扫帚将晒在他们家门口的谷子扫了起来。有一次,我家的门关住了。那时我们住在租来的房子里,房门常常关住,用一把菜刀在门缝里挺一下,门就开了。我就到隔壁邻居家去借菜刀,还是那个老头,他追出来说,别把刀刃弄缺了。我走回到自家门口,这句话一直在我心里缠绕不去,于是我就转身回去,把菜刀还给了他。那个傍晚,我独自在暮色中等了好几个小时,进不了家门。

这样的事情还有很多,我庆幸在很小的时候为自己留住了难得的尊严。现在,我特别喜欢那些自尊自爱的穷孩子,他们一直在告诉别人,他们的内心并不贫穷,相反他们比其他人过得更有尊严,他们努力上进,他们挥汗如雨,他们咬着牙齿在生活的道路上往前走,这样的孩子是值得所有人敬佩的。

事实上,每一个苦孩子都会长大,他们会通过自己的努力获取生活的尊重。尽管一路走来格外艰辛,但对于坚韧的心灵来说,幸福是一定会有的。

草木一样坚韧地活着

大爱无言,大智若愚,草木无声。

这么些年,尽管与草木比邻而居的岁月越来越远了,但对于在生命里出现过的花草树木,我一直心存敬畏。

有时候草木比人更懂得如何坚韧地活着,一株草、一棵树的筋骨比血肉之躯更加耐磨。你看,草木是懂得珍惜自己的落脚之地的,它们会毫不犹豫地抓住一个时机,抓住一小片柔软的土地,让生命在一片嫩芽的枝头粲然绽放,然后便开始往上生长,在多难的岁月里始终无声无息地隐忍着。风雨来了,欣然受之;打击来了,泰然处之。唯独从不抱怨和呼喊。风雨来时,哗啦啦的响声是那些自以为强大的对手在趾高气扬地叫喊罢了,而草木从来都是无言。这常常使我想起一句话:"有时候沉默是最大的藐视和反击。"我想,和我邂逅的那些植物们一定都明白这个道理。

但浮浅的人不会相信这点,他们以为草木不声不响是因为草木无心、不痛不痒,是因为草木无情。只有我固执地相信,草木是有灵性的,它们都是智者,都有坚韧的生命。你看,每一年,它们都用自己的内心记录岁月。每次面对一棵大树的年轮,我都心跳不已,它们是在怎样认真地铭记自己的生活啊？如果谁用刀在树的身躯上砍一刀，就会永久地留下一个刀疤，我想这是草木对于伤害的记忆。只是不像人那样一见到自己身上的刀痕就急切地寻找仇家，它们静默地存留着来自别人的伤害，却从不屑于找谁报复，因为还要努力往上生长，它们不会在意一把刀的锋利，更不会在意持刀者狰狞而自得的笑容。聪明人都明白，当你用一把锋利的刀砍别人时，有一天别人也同样会用这把刀来砍你，对刀而言，没有哪只手可以成为它永远的主人，所以谁都不必得意自己手里握着一把锋利的刀。当然对于坚韧的生命，沉默才是一把隐藏锋芒的快刀，所以草木选择沉默。

　　这是我从草木身上学到的品质，生活的折磨和疼痛是无可避免的，来自别人的伤害也无可避免，但学会承受打击和忍耐痛苦却是必须的。在黑暗的日子里，在死寂的无望里，我知道都不能让自己陷落下去，我必须超越平凡的生活，于是一遍又一遍地告诉自己那句在心里翻腾了好多遍的话：像草木一样坚韧地活着，不要在乎别人多么不公平地对待你，更不要在乎生活多么残酷地捉弄你。你不必呼喊和抱怨，重要的是在自己的内心积蓄力量，静默地发芽、长叶、开花、结果，努力地往上生长。千万不要让庸俗的日子磨灭了梦想，要知道你的未来是高远的苍穹。

　　相信生活吧，相信坚实的脚印，有一天你终会长成参天大树，身躯如橡，绿叶如盖，头顶是云彩，身旁是流岚。你会明白当初那些在你面前飞扬跋扈的人都矮小得像一个侏儒，你会发现自己当初的不屑是对的，你没有因为那些无谓的人事放弃了自我完善。

　　像草木一样坚韧地活着，这是我在灰暗生活里的一句宣言。

握一下阳光的手

这是个寒冷的冬天,我所在的办公室没有暖气。我将电脑搬到了一个墙角,但仍然很冷。阳光成了某种弥足珍贵的财富,一有空我就喜欢绕到有太阳的地方去:教学楼的走廊,办公室朝东的小阳台,甚至教室临窗的座位。每一抹泛着暖色的阳光都像磁石一样吸引我靠过去。

这个冬天我常做的一件事是捧一本书,坐在满地阳光下发呆。时光静默,内心如冬天的田野般寂然。只有阳光暖融融的手,帮我推开周遭的寒冷,接近温情。有时候突然觉得阳光也是一本书,一本金色的书,字字闪亮,每一行都是纯金,写着一些明亮的东西。这个冬天,我用所有时间来追念生活里那些明亮的片段,以此来阻挡生命的暗淡和平庸。我才发觉阳光是我们所必需的,每一个人都是一棵向阳的植物。离不了水,离不了空气,也离不了阳光,否则你的内心就会渐渐孱弱,接着慢慢接近凋零。阳光是我们生活中某种必需的食物,滋养的是我们的内心,明亮的是我们的眼睛。

当然阳光还会以别样的形式存在。冰冷的冬天,一个朋友得知我沉浸在内心苦闷里,就把一盆花送到了我单位。她发短信:"我把自己养的'日出'送给你,别忘了到传达室去取。"我拿到了那盆叫"日出"的花,那应该是一盆仙人科的植物,有个圆球在干净的黄色花盆里露出半张脸,像极了从遥远的地平线上慢慢拱起身来的太阳,球身上长着长长的暗红色的针状小叶,这不正是太阳的光芒吗?在寒冷的冬天里,一盆叫"日出"的植物的到来,让书报堆积、尘埃满面的案头有了一线生机,就像灰暗了好久的房间,突然在某个清晨透进来一缕金色的阳光。有时候一缕阳光也足够唤醒一些被冰冻的东西。这是一盆热爱阳光的植物,我喜欢它的性格,我也知道热爱阳光的人一定是内心明亮的。

在最冷的冬天里,我们才可以更好地坐下来描绘温暖的动人和可贵,才可以刻画出阳光的表情,才能够跟得上她轻捷的舞步。九月初,我收到过一条蓝色围巾,就是那位送花给我的朋友亲手织的,那是一位素未谋面的人,只是偶尔地聊天,也仅是三言两语而已。谁也没有刻意想让相识的友情变得怎么样,但那么些三言两语的片段却让我们成了朋友,无需更多言语,无需谋面,友情的深意却在岁月里荡漾着。夏天里,她发短信说喜欢织围巾送给自己的朋友们,问我喜欢围巾吗,我说喜欢啊。她说要帮我打一条围巾,要我选一个颜色,我说我喜欢蓝色。于是九月的时候,我有了一条用恒源祥羊绒线织的纯蓝的围巾。那时候还很热,我把它折叠起来放在抽屉里,直到冬天越来越深,我才拿出了那条我喜欢的围巾,冷风吹过来,才感觉到它的柔软,那是种阳光般暖烘烘的柔软,可以使人想起春天里某一张温和的笑脸,还有回忆里秋天山上的某一片火红明亮的枫叶。冷风会把围巾掀起来,在一个角落里,绣有一行小字:"草木一样坚韧地活着。"这个句子来自于我的一篇旧文,但好几年后,自己的句子反过来温暖了苦闷的内心。这是语言的力量吗,还是友情的光芒?蓝色围巾的一角藏着我很多年前写给自己的话,那是一种我需要的力量,很多年后对于我来说依然适用。穿过风雨如注的城市,穿过灰暗的天空,我都需要随时记起一句话:"草木一样坚韧地活着。"

连日的淫雨飞雪,冰冷的刺骨的冬寒并不会防碍什么,真正的日出在心里。

人生的要义

年少时，内心被理想占据，仿佛世界就剩下远方的一片光亮，仿佛只有未来才是具备意义的。之后，理想变得越来越小，而现实越来越大，目光才开始落回到眼前的那条路上，开始正视生活。

很长一段时间，我都只思考一件事，只想一个问题——该如何让自己的人生有更好的发展？我一次又一次地走在小镇公园前的那条路上，穿过晨曦，穿过秋天风中的落叶，穿过春日萌芽的树枝，想象着自己终有一天会离开这里，想象着自己的人生会有一番全新气象。但什么是全新气象呢？其实我觉得那会儿我一定是懵懂的，离开一个地方就是全新气象吗？换一份工作就是全新气象吗？我的心里只有一个并不清晰的想象，这个想象也一定是建立在俗世标准之上的：让自己更有地位，更有话语权，获得更多的尊重，获得路人的赞许……这大概就是世俗标准之上的人生格局和全新气象。有了这样的想象，我开始义无反顾地往前走，离开小镇，离开安静的生活状态，甚至想离开静默坚守了这么多年的文字家园。在大多数人的眼睛里，文字是不值一提的，那顶多是一种生命的点缀，像花园里的一圈篱笆。更多人认为获得世俗标准的金钱权力地位，才是人生最大的成功，同时也彰显了生命的价值。有那么一个时期，我也是这么想的，获得世俗的赞许，不也有许多快乐吗？尽管那种快乐是那么粗浅，可虚荣心着实是可以被填满的。但我忘记了一件很重要的事，那就是忘了倾听内心的声音，它要往哪里去，它喜欢怎样的生命状态？在诱惑和欲望面前，在世俗的标准面前，我们很少过问这一点，大概是因了太年轻，觉得总有时间是为自己活的，也总有时间能活成自己想要的那个样子。因此，没有人过问内心的声音，世俗的标准、众人的看法，就是生命的方向。

在众人喧嚣的时刻，在世俗的祝福声里，我想生命的河流一定会叩开所有坚冰，抵达春光明媚的彼岸。我又忘记了，生命其实不可能是平顺的，上天从来都不会按照我们预想的方式出牌。更多时刻，当拼尽心力获得世俗意义上的权势地位的时候，你已失去了灵动的诗意和年轻的时光，在日渐苍老的躯体包裹下，你怀藏着一颗坚硬冷漠世故老练的心，在那样的时刻，还会有年轻的欢愉吗？每次这样反问自己时，我才逐渐想到人生的要义，也常常想起有一个老师跟我说过的话："若你拼尽一切，有幸成为官员，也无非是一个三流的官员，但或许我们的生活里就少了一个一流的作者。"生命得失，其实并不复杂，只是我们很容易被面前的那点欲望蒙蔽，其实绕不过去的都是小山，真正的大山是不必绕的，它足以供你一生攀登。生命里最重要的事是在有限的年月里，在可以预知的轨迹中，我们能获得心仪的生活，能让灵魂跟随着她自己的方向往前走。有一天，我来到一个小小的湖边，觉得这个湖那么小，那么狭窄，可当我在一块大石头上躺下来，就像孩提时那样躺到故乡那块光洁的洗衣石上仰望星空，我发现世界完全变了，我的面前出现了一个无比高远的天空，蔚蓝纯澈，一丝一丝的白云在苍穹里游走、飘荡、舒展、聚集、藕断丝连，又仿佛无所挂碍。天空那么高远又那么切近，春风盈怀，满目清朗，我感觉身体里的沉重感正在一点一点地卸下来，开始变得轻盈，市声一下子遥远了，积聚多日的混沌散开，那一刻心纯澈极了。面对人生，很多时候跟面对那个湖的情状是一致的，一直盯着眼前，你会发现一切都那么逼仄，围塘、堤岸尽在咫尺，但换一个简单的角度，世界就变了，你并非总是需要那么沉重。

　　生命里最重要的事是静心感受拥有的时光，让日子获得更多质地，在晨曦里，在自然的天籁里，朝着内心喜欢的方向走，拥抱生命自在欢愉的状态。像岸边的青草那样苍翠从容，像山野间的飞鸟那样飞扬舒放，像深谷里的清泉那样生机蓬勃。这样你会发现在这看似漫长、实则短暂的人生旅程中，你为自己活过了。

仰视蓝天

那么久了,一直都习惯低着头,俯视,行走,默默沉思……我们一直在赶路,低着头是因为想把道路看清,也是因为担心路上的陷阱会让我们偏离行走的轨迹。

但有一天我突然想人生并不是个一直赶路的过程,应该有段停下来的时刻。比如找一块石头坐下来,比如找一个树桩靠一靠。这都是必要的,也是人生的一部分。后来我想人生也可以这样分类:一部分是行走,另一部分是停留。

仰视蓝天,便是我在停下来时的一个动作。我发觉它不仅仅只是一个动作。走累了之后的那一次仰望竟让我激动无比。我更愿意相信仰视和俯视是生活中的两种状态。前者代表着动作的发起者将自己敞开的状态,后者代表着动作的发起者将自己包裹起来的状态。这也是一种面对生活的态度。仰视是带着梦想和期望的,是一种包容和上升的姿势。但俯视更多的带着一种势在必得的现实心理,是守卫和防备的姿势。鹰最多的动作就是俯视,那是因为猎食这个最现实的目的。

辑六　生命如灯

雨果说:世界上最广阔的是大海,比大海广阔的是天空,比天空还要广阔的是人的心灵。

仰视蓝天,你会发现有时候世界很小,装不下一颗心;有时候心很大,能装下整个世界。

面对苍穹,面对蔚蓝,面对正直的太阳,你会看见自己瞳仁里的狭隘,发现自己内心的阴影。仰视蓝天,你会知道你离梦想有多远,你在现实中失落最多的不是别的东西,而是到达梦想的那段切近的距离。有忧伤的雁儿从天空飞过,有温和的鸽子从天空飞过,有搏击苍穹的鹰从天空飞过,还有轻盈的或沉重的云,还有长着长睫毛的流星,还有偷偷地红着脸的晚霞……它们都会从天空飞过。而天空总是那么安详地用蓝眼睛望着这一切。有一天你抬起头了,素面朝天地望着天空的蓝眼睛,天空的蓝眼睛也一定怔怔地望着你。还有那些从天空的蔚蓝背景里走过的小鸟、鸽子,还有云朵和太阳,它们都会像天空一样凝视你的脸。你会知道原来你忽视了那么多从你头顶走过的朋友。忽视了那么多那么久,你一定会有一份内疚的,当然也会有一种庆幸,因为你的目光和那么多目光相遇了。

仰视蓝天,内心会油然升起一种飞翔般的开阔。不管生活里的路是否走到山穷水尽,世界上没有墙可以挡住自由的梦,也没有悬崖和峭壁可以封闭心灵的舞蹈。大地的脚步有时会被阻断,墙、沙漠、高山、沼泽都可以割断大地自由流淌的行程。但天空无法被分割。天空是高远而博大的,横跨世间的每一个角落,它有一扇门,一条通道,永远向飞翔的心灵敞开。失去大地,我们会失去坚实的落脚点,失去生命的深度;而失去天空,我们会失去开阔的视线,失去梦想的高度。

仰视蓝天,一个让身体和梦同时往上伸展的动作,使我联想到一棵笑脸如金的向日葵。仰视蓝天,随目光一起在阳光下绽放的,还有心灵。

那一树被忽略的春意

我敢打赌,除了我没人注意过那棵桃树。

她默默地站在墙根一小片阴湿的空地上。那是一个被废弃的狭长地带,紧临寝室楼南墙,南面又被一堵一人多高的围墙竖起,把破旧的寝室楼和学校教学区隔开了。那一溜窄窄的空地成了一个封闭的空间,阳光的脚步总吝啬地不愿踏进那个角落,即使偶尔误入,也会马上蹑手蹑脚逃开去。除了几只野猫,没有人的脚印踏进空地去过,甚至人们的目光都不太会落到那里,因为空地紧贴南墙,又窄窄的如瘦小的带鱼身上的一小截。谁要看到那里,得作些努力,把头稍稍从窗口探出些才行。我们抬起头,看到更多的是对面的教学楼和教学楼上或瓦蓝或灰白的不断变换心情的天空。

倒是我们——寝室里的一干闲杂人等,常将垃圾顺手往窗外扔出去:纸袋、木板、废弃的鞋子、洗脸水都随意地落到那溜无人问津的地上……

那棵桃树就藏在废弃的空地的角落里。

我是偶尔推窗,伸出头,邂逅她了。冬天时,我就在心里为这棵桃树抱不平，感觉像看到一个天生丽质的女孩出身在了太过贫穷的家庭，有着太为贫瘠的命运，令人顿生怜爱。她身旁有一棵枇杷树。枇杷本也是我爱的一种树，但心里却没生出些许不平，觉得那毕竟是个经得起磨难的小子，即便出落在困苦的境地，也是情有可原的。不知道桃树有没有抱怨过自己的命运，反正她不曾逃之夭夭。

春天是所有植物的好时光。桃树，即便长在角落，仍然显出了墙根的冷湿无法掩饰的俊俏模样。只要一缕清风，一丝细雨或者一抹不经意走错路误入墙边空地的阳光。是的，只要一点点消息，一点点，只要有人悄悄地说一句好听的话。桃，那墙角的桃，我相信她就会得到提示：春天来了，属于一个女孩的好年华就这么来了。桃树原先冷黑的枝急切地泛起了淡淡的青，细小的叶一夜间冒出枝头，一夜间绿了。

乍一回头，只见树上满枝满枝的花蕾，有几条桃枝像刚睡醒的人舒展开的胳膊，愣是伸到了墙外，又像一个俏皮的孩子，总喜欢跑到门边伸头观望。

又过几天，只是那么几阵脾气稍微温和些的风在她耳边絮叨了几句，只是那么几只喜爱热闹的麻雀无意间用翅膀碰了碰她的臂膀，一树的桃花就再也按捺不住内心激动了，那些藏了一冬的话语就沸沸扬扬说出口了。当我再一次偷偷地趴在窗前探着头张望的时候，就看见了满树的花朵在桃的枝头热闹开了。那真是用布包不住用袋子也藏不住的一种热闹，满树的花朵像被谁的手点燃一样，星星点点，闪闪烁烁；又像一个沉默许久的健谈者遇上了常年不见的好友，有说也说不完的话。

其实,那棵桃树是位开朗的女孩了,她可不在乎自己的家境,可不会总站在阴影里自怨自艾呢。那些重要吗?是啊,那些东西对于一个懂得美丽的女孩来说太不值得耿耿于怀了。春天是每一棵桃的节日。是节日,快乐的人都会穿上盛装,即便是仅有的一身衣服,她也可以穿着它无比幸福地穿过汹涌如潮的同类,而不会让任何人发现心中的泪痕。

高贵的生命最懂得在美好的季节里保持美丽和优雅。

于是那棵桃树,那满枝的花就肆无忌惮、洒脱从容地在春天的墙角热闹开来。谁是第一个见到悄然绽放的满树花朵的呢?我知道一定是桃树身旁那棵有着一身绿叶的枇杷树。他会忍不住开口夸一句那满树的桃花吗?那么红艳,那么灿烂,像极了一首蓬蓬勃勃、意趣横生的诗。他会忍不住伸过手去,触碰一下桃花粉嫩的微笑吗?

显然桃并不在意谁遇见了她的花朵。有时候仅为自己的心在春天美丽一次也是一件很好的事情啊。付天琳有过一句很漂亮的诗:"草莓为心而红。"桃儿一定深知其意。

是我吧,一直偷偷地趴在窗前望她,一直迫不及待地想和那棵桃树,想和满树的桃花说话,一直以为桃花是等着有人来才开得那么风情万种的,这都是一厢情愿罢了。想想,我真是一个自作多情的人。

烤 火

寒雨敲窗的夜晚，格外想念乡下时光。

乡村的冬夜是岑寂而安宁的，人们不再和满天星斗相约，不再坐在石桥边听溪水夜话，同样也不适合挨家挨户串门了。为了挡一挡冬意，避一避风寒，人们开始将木门掩牢，这时候烤火就成为必需。乡村的冬夜，与人相约的是一堆旺旺的柴火。

你随意推开一扇深掩的门，抖落一身寒冷，都能够遇见主人家里一堆热情的火，还有围坐火堆旁的一张张红扑扑的脸。你也可以加入他们之中，就像他们的兄弟姐妹，就像他们的叔叔伯伯一样，舒展双腿，伸开胳膊，用手围拢一捧暖和的火光，一种热气马上依偎上来，紧紧将你搂住，就像我们的亲人伸过来的手臂那样踏实。一种温热便找到了直抵你内心的捷径。你会发现乡村的一家子围成一个圆，火焰把暖和递到每个人的身上，也把一种生活的和气送到了每个人的心底。

烤火，对于乡村的人来说，不仅是取暖，还有更深的涵义。那是人们度过冬天的一种仪式，是人们在漫长的冬天里找到的一种温暖的表达。以跳动的火焰为圆心,人们坐下来,是那种舒放闲适的坐法,是一种很轻松的姿势,很利于沟通。乡村的人们就在火焰的周围谈论各样的事,家事国事、烦恼事顺心事、过去的事未来的事……火堆旁是一个内心交流的场所,柴火用自己的光把人心照亮,把话语也照亮了,那些过去的事未来的事就在冬天的夜里闪闪发光,温暖又磊落。有了话题,也就有了各样的计划和决定,烤火时也是乡村人们点数过去和规划未来的时刻,春耕秋收、造房置业,火堆旁曾有过多少劈啪作响的决定啊!乡村的人就在这样温暖的氛围里把重要的决定下了,开春以后走路就心明眼睛亮了。

烤火是一种十分古老的方式,火焰在我们先民的生命里游走,带给他们无尽的希冀,但只有在乡村,人们延续了这样的方式,延续了古老的温情。在柴火的光芒里,情意红光满面。人们用一年的时间东奔西走,为生计奔忙,最后,一堆火让全家的男女老少都围绕着自己坐下来。嗑瓜子,聊天,或者把饱满的土豆煨入火中,把年糕搁在火盆上,火会用自己的热情让粮食芬芳,朴素的香味跑到每个人心头。孩子们将土豆从火堆里刨出来,土豆皮已经烤焦了,发出滋滋的声响。剥开黑色的土豆皮,金黄的肉就露出来了,柴火唤醒了土豆沉睡的话语,在温暖的火堆旁,连土豆都想说点什么了。

烤火还是一种独特的思考方式吧,反正小时候,我就特喜欢从火堆里拣出一支炭棒,在木板墙上画下那些思考过无数次的问题。当然在很多老人那里,跳动的火焰可能还是岁月的某种暗示,燃起柴火意味着一年的尾声到来,也意味着春天的脚步正在逐日靠近。我相信很多老人的眼睛都能看到火焰里面深藏的人生况味。

要不英国诗人沃尔特·萨维奇·蓝德又怎么会这么说呢:"我和谁都不争／和谁争我都不屑／我热爱自然／热爱艺术／我双手烤着生命之火取暖／火萎了／我也准备走了……"

或者,回到故乡

教孩子们读《松坊溪的冬天》,文章这样写道:

我曾经在松坊村住过好些日子。这是南方高山地带的一个小山村。

四面是山,是树林,是岩石。有两条山涧从东、西两面的山垄里流出来,在村前会合起来,又向南流去。这便是松坊溪。

这是一条多么好的溪涧。溪上有一座石桥。溪中有好多大溪石。那溪石多么好看,有的像一群小牛在饮水,有的像两只狮睡在岸边,有的像几只熊正准备走上岸来。

我常常被这样的句子打动,郭风的文字气韵节奏俱佳,但真正打动我的是他笔下那个村庄。松坊溪和我的故乡多么相似,郭风那么贴切地向我描绘了这个村子,以至于我常常觉得他在描绘我的故乡。这么多年,我所有的文字历练面对故乡时却一点也发不出声音了。

我想这一定是有原因的,如同无法很好地向别人诉说自己一样,我们永远都无法更好地定义故乡,那个小小的山村,在很多年后,它之于我心灵的意义越来越清晰了。

故乡是一个人心灵的胎记,身在其中的人,一定是不会知道这些的。因了二十年的远离,因了时光堆积起的久远想念,故乡变得不平凡。

一个小小的村庄,后来就慢慢地筑到了心的一角。木屋,溪流,一块浣衣的石头,一棵年轻的栗子树,一束映山红,一群在草间踱步的母鸡,还有一只怯生生张望的小狗……

一声轻唤一次低语,都能让我驻足。

春天的五月,我踏上回故乡的旅程。我发现在翻飞的时光中,那个小村依然保有着原先的面容,像一个处变不惊的人。胆怯的是我,一个8岁离开,28岁回来的人,这个人成了这里最为匆忙的过客。他走到自家门口,走到祖父家门口,走到儿时伙伴家的门口,都没有人,已经没有亲切熟悉的身影了。可是我分明又没有走得太远,我觉得这个山村有很多东西都成了我生命中无法解开的渊源了。

我来到了那片自家的竹林里,那片竹林的一角,静静地躺着我的祖父。那个老头子是我一生都敬爱的人,现在他长眠在了地下。我在春光明媚的日子里来看他,他会不会感知到?在暮春的阳光下,我可以听见竹子拔节的声音。那些已经蹿到半空中的竹笋,青色的身躯正从棕色的壳的包裹中挣脱出来,竹子挺拔而向的,是蔚蓝纯净的天。我在自己的体内曾经分明听到过这样的声响,那是某一个青春期的清晨,一个男孩的骨骼被时间打开,在晨曦里静静地往上生长。那些青葱的竹子一定是和我的生命有关联的,它们盘根错节，从一条脉络开始繁衍，最后长成一片竹林。这多么像一个家族的生生不息，那些长眠在地下的生命并没有终结，一切都在他们儿孙的身体里得到新的延续和呈现。

我走过一片重叠的梯田，那些田地的错落是不是与我内心的层次有关联？一小片一小片的田多么像谁落在山边的脚印，那么小的地，农人们却将它们安排得那么妥帖，他们不肯放过哪怕只有一小片的地方，这里的播种和收获有别于平原上肥沃的黑土地，需要更多隐忍和耐心，需要更多细致和期待。除了一头身后的黄牛，人们的耕作全仰仗于肩膀和双手。就是这样的田地里种出来的植物，养育了我最初的生命。我相信，由此我的一生都得到了某种微妙的启示，我可能比别人更懂得收获的内涵，比别人更理解播种和获得的不易，更理解生命前行的过程中充满荆棘和隐忍。我也更容易体认一些微不足道的幸福。我相信感知幸福同样需要能力，是故乡人的耕种和一粒一粒的拣拾教会了我用同样的方式累积人生的甜蜜。

还有一棵田边的杉树，是父亲在他年轻时种下的。父亲一定在它身上付出了很多心思。现在它多么像他儿子，在岁月里默默地往上伸展。它成长的年月里，那些内心幽暗的岁月是父亲无法想象的。一棵树经历的挣扎，经历的生命蜕变和迷离，都不是种植它的人能够预计的。但我的血液里一定流淌着父亲的声音和他年轻时代构建过的梦想。

这就是故乡，它是一个地域上的名词，但又不仅如此，它是我心灵的坐标，那里有我人生最初的走向。故乡的农事、草木、乡亲最后都将汇入一条隐秘的大河，从而进入我的灵魂。

很多年后，再次回到故乡，我发现那个久远的地方依然和我的身体有着妥帖的合拍。我发现"回到故乡"，这样一个简单的动宾短语，其实意味着一种温暖纯粹的选择，没有功利得失，只有温和有力的抚慰。

落叶缤纷前,回故乡

春天是适合远行的,游子们背上行囊,走出家门,满怀希望和理想,开始浪迹天涯。那样的季节,万物蓬勃,风帆齐发,谁的心里不涌动着远走异乡的热情?谁不为月台上混入春风的尘埃动容?春天是草木葱郁的季节,也是远行的冲动疯长的季节,谁还能够怀揣着一颗快要跳出胸口的心,安坐在小家的屋檐下?

但不管怎样,秋天却是个适合还乡的季节,大雁南飞,孤鹊归巢。沈从文说:一个战士要么战死沙场,要么回到故乡。如果问他该在什么时候回故乡,我想沈从文一样会说:秋天。是的,秋天是适合回到故乡的。

那些流落的辛酸都在秋天里沉淀下来,那些满腹的牢骚都在秋天里平和起来,那些满身的伤痛都在秋天里平复过来。秋天啊,尘埃落下的土路上,夕阳宁静得像一个思想者;疯狂过后的野荷塘里,月光冷静得像冰凉的话语。人心不再浮躁、不再狂妄的时候是我们想家的时候,想起老家的屋檐勾勒出的朴素的黄昏,想起月光落在石板路上清脆的声响。

还等什么呢？收拾行囊,让我们开始踏上归程。

最好能找一匹马,打马归来。在马背上你能够找到回家的节奏,那正是乡愁的韵律。马的速度是缓慢的,马走的路是落满黄叶的,落满黄叶的路上是会有秋天相伴的。那些黄叶就像你漂泊的足迹,那些路旁的树,就像你在日渐苍凉的世间遇到的人们,还有那些沿途的山水,就像你到过的生命里的驿站……此刻,在秋天,你会知道,衣锦还乡还是落魄归来都已不重要了,重要的是你要在秋天还没有结束前,回到故乡。马背上的归程会让你充满怀想,会让路途变得富有戏剧性,秋天的戏剧正陆续上演。

没有马呢？没有马,一定是现代人的回家旅途。那就乘上一列绿色的火车吧。对！一列绿色的行驶速度并不很快的火车,也是适合在秋天里送我们还乡的。有一部电影叫"开往春天的地铁",地铁是隐晦的,阴暗的潮湿的内心萌动才适合它。而我们现在,如果一定要将自己的归程想象成一部电影,也一定要套用这个题目,那么我们就将它改为"开往秋天的故乡号列车"。秋天是敞开的,心地平和的,没有偏见的,列车一定要在干爽洁净的空气里行进,才能捎上我们与秋天最相似的心思。列车在秋天深处慢节奏地驶过,铁轨像两个相依为命的人穿过秋天的丛林和土地,慢慢地陪伴我们回到故乡。绿色的火车,车窗外面是黄色的风景,在它铿锵作响的脚步声里,我们将一年的回忆拉开,时光变成了窗外的场景。车窗外移动的秋天,就是我们流离的命运。

你的行程一定要选择在秋天没有结束前完成,你要在落叶缤纷前,在最后一朵雏菊用沉默说出谢幕之前,回到故乡的土地上。

辑六　生命如灯

那时候冬寒还没有料峭,北风也还没有呼啸,你还可以看见故乡的秋天正立在篱笆墙旁,慢慢转过身来,你会看见她红色的风衣,看见她幽凉的身影,走向那条去往冬天的路上。你会庆幸,还可以赶上故乡的深秋,一年疯狂的日子都被乡亲们收割了,稻田里只有空旷的风声。

你可以坐下来了,听听屋檐上的雨声,冷静的雨声已经不再躁动,它们滴落下来,用的是回忆的节奏。

还有,还有你会明白:每一片叶,每一棵行走的树都该在秋天还没有谢幕之前,回到故乡的怀抱,因为你的心无法承受在这样的季节里思念的重量。

在秋天未熄灭前,回到故乡,她会用自己的灯照亮你的归程。

向生命的爱与痛致敬

　　道路空旷起来，城市并不那么拥挤了，路过城市或者暂住在城市里的人们，此刻都已被车船飞机载往属于他们自己的家乡。真正把家安在这座城市里的人们留下来，以一种全新的心境迎接一个节日到来。

　　旧年已近尾声，时光仓促地让我们来不及说些什么。一本厚厚的日子翻篇，这厚厚的册页，我们叫做年。街上的路灯杆子上挑着红色灯笼，花坛里的花换成了新的。大家行色匆忙，开始张罗着告别旧时光。其实，每天我们都在和时光作别，但没有像过年这样郑重。过年是一个仪式，我们把旧日时光设置了刻度，以便把永不停息的日子分成若干个段落。这是人类的聪明之处，人类总是会使用刻度，来调整生命里的无序状态，或者利用刻度，让生命在某一些特定时间里作一回停顿和回望。

　　此外，过年还是什么呢？它是我们期许给自己的一个假日吧。不管成功的人、卑微的人，不管几多劳碌、几多奔波，在这时候，人们都愿意停下来，顺带着说，忙了一年了，该歇歇了。是的，该歇歇了,这两天,我去找一家又一家熟悉的早餐店,关门;我去找一家又一家熟悉的面馆,也是关门;我去找一家又一家临近的洗车店,又是关门。那些烧菜的、卖米的、炸油条的、烙大饼的,那些清扫马路的、缝补衣服的……那些总是为了一丁点很小很小的钱,却又几乎占据了他们全部生计的人们,终于停下来。他们坐在日子的角落里,晒晒冬天的太阳,嗑嗑瓜子,掸去衣服上的尘土。我想那一刻,他们的心一定贴近了日子里面安宁的部分。

过年,还要用来做什么呢?对于大部分人来说,它是一个用来修缮情意的节日。人们相逢团聚,见面寒暄,把淡却的情意像酒一样在小火炉上暖热,把过去一年的不快乐像炮仗一样随手甩开。因为时光的这一场停顿,许多恶念和丑行也随之停了下来,小偷、吸毒者、赌徒……都已风尘仆仆地返回家乡,去接受天伦之乐的光照,他们内心里面柔软的部分在一年的久违之后重新开启。新年的大街干爽洁净,新年的夜晚烟花盛开,我们没有欢喜,并不特别悲伤,但一定心怀感恩,又是一年,我们仍然活在这悲喜交织的人间。雾霾依然没有散去,河水依然没变清澈,房价依然高涨,工资依然寒碜,梦想依然飘忽,现实依然坚硬,但我们还活着,活在这珍贵的人间。在时光的又一个转角,我忍不住想起海子的诗句来:"活在这珍贵的人间/泥土高溅/扑打面颊/活在这珍贵的人间/人类和植物一样幸福/爱情和雨水一样幸福……"

我们感恩活着,我们也感恩那些陪伴同行的人们,感恩亲人的照耀,感恩朋友的相携,感恩爱情的不期而至,感恩那些给我们的生活提供方便的人,感恩那些帮助我们活得更明亮更有希望的人。

至此,才明白,过年,就是向时光致敬,向生命的爱与痛致敬。就像每一次痛苦过后,或者每一次跌倒在泥潭之中,我们都会用热毛巾擦拭脸上的泪痕和泥渍一样,过年,就是再一次把脸洗干净,再一次在脸庞挂上热切的笑容,再一次踏上脚下的路,像从未受过伤一样,像去追寻初恋一样地出发。

图书在版编目(CIP)数据

每个词语都在呼吸 / 徐海蛟著. — 宁波：宁波出版社,2016.5

ISBN 978-7-5526-2261-4

Ⅰ.①每… Ⅱ.①徐… Ⅲ.①散文集–中国–当代 Ⅳ.①I267

中国版本图书馆 CIP 数据核字(2015)第 232454 号

每个词语都在呼吸

作　　者	徐海蛟
出版发行	宁波出版社(宁波市甬江大道1号宁波书城8号楼　315040)
网　　址	http://www.nbcbs.com
责任编辑	卓挺亚　苗梁婕
印　　刷	浙江新华数码印务有限公司
开　　本	880 毫米×1230 毫米　1/32
印　　张	7.75
字　　数	158 千
版　　次	2016 年 5 月第 1 版
印　　次	2016 年 5 月第 1 次印刷
标准书号	ISBN 978-7-5526-2261-4
定　　价	20.00 元

如发现缺页或倒装,影响阅读,请与承印厂联系调换　　电话:0571-85063471